LA VALSE DES PETITS PAS

DE LA MÊME AUTEURE

Déboutonnage, Stock, 2010
Nous aurons des lits pleins d'odeurs légères, Les Escales, 2017
L'Ange et le Violoncelle, Fleuve Éditions, 2019 ; Pocket, 2020

CLAIRE RENAUD

LA VALSE DES PETITS PAS

fleuve
ÉDITIONS

Ouvrage publié sous la direction de Xavier d'Almeida

ISBN : 978-2-265-15530-5

Dépôt légal : janvier 2022

« Tant de douleur hante le cœur des choses pour l'effleurer il faut deux fois deux mains tremblantes de pénombre se cherchant se manquant dans l'hiver de tout nom s'appelant balbutiantes loin des regards de midi trop sourd prends dans ta paume ces si frêles paroles la mienne est coquillage où la mer se souvient. »

Jean-Louis Chrétien, *Entre flèche et cri*,
« Présages du feu », septième poème.

« C'est seulement en montrant ce par quoi l'éros diffère de la possession et du pouvoir, que nous pouvons admettre une communication dans l'éros. Il n'est ni une lutte, ni une fusion, ni une connaissance. Il faut reconnaître sa place exceptionnelle parmi les relations. C'est la relation avec l'altérité, avec le mystère, c'est-à-dire avec l'avenir, avec ce qui, dans un monde où tout est là, n'est jamais là, avec ce qui peut ne pas être là quand tout est là. »

Emmanuel Levinas, *Le Temps et l'Autre*

À Sylvain

« Écrire est un boulot solitaire.
Avoir quelqu'un qui croit en vous fait
une sacrée différence. Ce quelqu'un n'a pas
besoin de faire de discours. Qu'il croie
en vous est en général suffisant. »

Stephen King, *Écriture*

1

Œufs en gelée

Elle se lève lentement.

Dans cette brasserie typique, figée dans un temps et des codes anciens, que la modernité caresse sans la réformer, où chaque objet a sa place, des banquettes usées aux chaises bancales, de la corbeille de pain aux bouteilles d'apéritif derrière le bar, où les gens sont assis, réduits, attablés, elle se dresse.

Si elle doit trouver à cet instant une image adéquate d'elle-même, elle se fait penser à un jeune poulain qui, tombé du ventre de sa mère, se hisse maladroitement sur ses pattes tremblotantes, quelques minutes à peine après avoir vu la lumière du jour pour la première fois.

Mais elle n'est pas dans la métaphore. Elle tente tant bien que mal de rester debout.

— Qu'est-ce que tu fous ?

Elle ne répond pas à l'homme qui est assis confortablement en face d'elle sur la banquette alors qu'elle vacille debout devant une mauvaise chaise. Costume marron, mains sous le menton, yeux perçants, sourire absent, dents jaunies, calvitie galopante, grosse montre au poignet, alliance à la main gauche contre jupe et pull noirs, imperméable beige, collants opaques, chaussures confortables, visage sans maquillage, queue-de-cheval, pas de bijoux, alliance à la main gauche. Elle ne répond pas parce qu'elle ne sait pas bien quoi dire. Depuis le temps qu'elle « fout » n'importe quoi, qu'elle « fout » à la place de faire. Depuis le temps que tout cela n'a plus aucun sens. Qu'elle fonctionne. Alors à cet instant, il semble qu'un souffle de raison, par cet acte irrationnel, vient la reprendre. En la décoiffant quelque peu.

— T'as envie d'aller pisser ? Ben vas-y !

Elle ne pisse pas. Enfin si, comme tout le monde. Mais elle n'en parle pas. Cela s'appelle avoir de la pudeur. Elle ne partage pas ses problèmes de tuyauterie, viscères et autres avec son entourage. Encore moins dans un restaurant, avec des voisins de table qui désormais, comme s'ils la radiographiaient, peuvent voir sa vessie, d'ailleurs vide. Elle est réduite à ses organes. Réduire, c'est ce qu'il fait avec elle, et humilier, et affaiblir, et dévaloriser, et la liste est trop longue.

— Rassieds-toi, bon Dieu !

Des impératifs, sans cesse. Des ordres. Jamais une phrase ne serait-ce que neutre. Elle se contenterait d'une simple affirmation. Non, il faut toujours qu'il commande. « Quand vous commanderez, vous serez obéi. » Ce vers lui revient.

Elle ne pense même plus aux formules de politesse. Les « s'il te plaît » et autres « mercis » ne font plus partie des mots qu'elle entend. Sans compter les petites beautés de langage qu'elle a perçues tout à l'heure à la table derrière, un « ma chérie » glissé tout en sucre à la fin d'une phrase banale. Qu'ils sont loin les premiers temps de la conquête où, pour l'attendrir, il n'était que miel ! La viande, on l'attendrit aussi avec des coups.

La fille à la table d'à côté, assise à côté de son mari sur la banquette, la fixe. Elle est jolie. Plus que cela. Elle est magnifique. Jeune, les cheveux longs, les yeux transparents. Tandis qu'elle, dans son vieil imper, avec cet ensemble noir usé, ses chaussures à semelle de crêpe, cette coiffure fonctionnelle, ses quelques cheveux blancs qu'elle ne teinte pas, cette peau couperosée, ses yeux rougis… Oh, tout cet amour de soi qui transpire ! Et ses mains abîmées et sèches qu'elle serre comme si elle se donnait une poignée de main à elle-même, pour se saluer, se dire « bon-jour », s'encourager à vivre, s'assurer de sa présence et de sa réalité.

— Punaise, mais tu fais quoi, là ?

Ça y est, ça commence à monter, à se faire jour en elle, à s'éclaircir. C'est la phrase qu'elle a entendue à la table de gauche derrière elle. C'était banal. Ridicule même. « Tu cherches quelque chose, ma chérie ? » Voilà. Normalement, une réplique qui change ta vie, elle est tirée d'un livre épais, d'un auteur un peu confirmé, ou d'un film culte, réalisé par un grand cinéaste. Ce n'est pas une question posée par un jeune homme quelconque à sa compagne certes sympathique, mais comme il en existe des milliers un soir de semaine dans une brasserie parisienne ordinaire. Mais pour elle, ce sera ça. Et cela lui convient et lui ressemble. Elle n'a rien de grandiloquent. Elle est juste une petite femme comme tant d'autres, ni plus jolie ni plus laide, qui voudrait être aimée. Et dont le destin bascule à l'écoute d'une phrase banale. « Tu cherches quelque chose, ma chérie ? » Voilà ce qu'elle voudrait entendre. Voilà ce pour quoi elle donnerait tout ce qu'elle a. Voilà ce que certains hommes sont capables de dire. Et d'éprouver : les inquiétudes de leur femme sont un sujet de préoccupation pour eux.

— Tu veux te faire remarquer, c'est ça ?

Il y a bien longtemps qu'on ne la remarque plus. Jamais une couleur vive, une coiffure excentrique, un maquillage original, un vêtement intrigant. Une fois, elle s'est acheté une paire de bottes. Sa mère l'a convaincue. « Elles te vont bien, vas-y, fais-toi plaisir. » Elle a craqué. Quand il est rentré le soir, assise, elle a caché ses jambes sous la table de la salle à manger. Il a remarqué le nouvel achat, a demandé à les voir davantage, elle s'est levée, le verdict est tombé, « des *fuck me* boots ». L'usage d'une langue étrangère n'a pas adouci la violence de ses mots. Les bottes ont dépéri au fond d'un placard. Quand elle les a réessayées, elle s'est vue en arpenteuse de trottoirs racolant le client, les bottes ont eu sa voix à lui et lui ont susurré : « Fuck me, fuck me. » Elle y a renoncé.

Non, visuellement, elle se perd dans la masse. Surtout qu'on ne la voie pas, elle et son fond de mélancolie, elle et sa peine si lourde à porter. Qu'elle les cache en se cachant elle-même. Elles pourraient disparaître que cela ne se verrait même pas. Se dissoudre en petites gouttes légères, s'évaporer. Oui, elle en rêve souvent. Elle avance, se dématérialise peu à peu à mesure qu'elle marche, elle se nébulise ; d'abord les vêtements, puis le corps ; des pieds, des mains, de la tête, jusqu'au tronc, puis elle a disparu. Un petit nuage qui a sa forme. Non, plutôt un ramassis de fumée grise.

Demeure pourtant cette boule de tristesse, irréductible, cette pierre, que les cachets n'attaquent pas, que les séances chez le psychologue épargnent, qui la constitue et la ronge. « Mais tu as tout pour être heureuse », lui disent ses parents, ses frères, elle-même. Est-ce qu'il faut avoir des choses pour être heureuse ? C'est la question qu'elle se pose. N'est-ce pas en se délestant, ce soir, en n'ayant plus rien, qu'elle porterait un petit coup de burin efficace à son monolithe intérieur si noir ?

C'est vrai qu'on la remarque. Un coup d'œil panoramique léger et rapide par-dessus son épaule gauche lui confirme qu'elle est l'objet de tous les regards, qu'ils convergent vers elle et l'immobilisent, comme un lapin pris dans les phares d'une voiture, alors qu'ils ont été placés, sur sa demande à lui, dans un coin du restaurant. Les quelques rares bruits et conversations qui animaient l'endroit en ce début de service se sont tus. Un homme, à une table près du bar, la regarde fixement, tandis que sa femme, agacée, finit elle aussi par tourner les yeux vers elle. Les rideaux de velours rouge arrondis qui protègent l'entrée du froid sont agités comme si de nouveaux clients entraient dans le restaurant, l'applique au mur qui éclaire sa table brille davantage. Les spectateurs sont silencieux et attentifs. Ils attendent sa prochaine réplique. C'est son heure de gloire, sa minute de célébrité, dans ce restaurant de quartier banal, un soir de semaine comme tous les autres, pour un geste qu'elle n'a pas prémédité. Encore une fois, cela lui ressemble. Son théâtre est petit. Son texte inexistant, car improvisé. Les acteurs méconnus. Mais elle tient son rôle. En tremblant.

— Tu me fais honte, là, tu sais !

Elle est debout. Si elle ne se rassoit pas, elle va finir seule. Comme ce pauvre homme là-bas qu'elle a tout de suite repéré en entrant dans le restaurant. Il est chauve. Il a noué sa serviette autour de son cou. Il n'a l'air de rien. Sa tête est baissée, rivée sur son assiette. Il est vaincu.

Son seul bonheur, c'est son entrecôte. Et un verre de vin. Il y a concentré ses prétentions existentielles. Comme lui, elle rejoindra tous les soirs une table vide où personne ne l'attendra et un serveur s'empressera de lui donner la carte, avec un air de pitié dans les yeux. Et la servira au lance-pierre, qu'elle disparaisse vite, elle et son air de chien battu, cela ne fait pas une bonne publicité pour l'établissement. Peut-être qu'elle parlera toute seule aussi, comme lui. Non, elle préférera rester chez elle, cachée. Et les jours passeront, semblables, à hésiter entre une conserve de cassoulet ou de petits pois.

La solitude est une défaite. Une déchéance. Elle a toujours vécu en nombre, famille, foyer d'étudiantes, mari. Elle ne sait pas être seule.

Mais l'homme à la calvitie brillante qu'elle fixe lève soudain la tête et la regarde. Il mâche, lui sourit et passe sa serviette sur ses lèvres. Il est seul, mais il n'est pas malheureux. Se pourrait-il… ?

Une nouvelle pensée se faufile. Elle est seule, elle est déjà seule. Cet homme l'a reconnue. Il a trouvé, au milieu de toutes ces tables, sa sœur de condition. Il sait, sans qu'aucun mot soit utile, qu'elle attend son mari chaque soir pour dîner, des heures parfois, sans oser toucher son assiette qui refroidit, de peur de réveiller sa colère. De faire virer la soirée au rouge, au violet, au noir. Devant la télé, elle est seule, avec ses envies de partage, de sortie, ses rêves d'ailleurs. Dans son lit elle est seule, chacun de son côté, un bref assaut de temps en temps, dont elle sort plus lointaine encore. Elle ne peut être plus seule qu'elle ne l'est depuis des années.

« Tu me fais honte, là, tu sais ! »

Ses poings sont serrés sous son menton. Et il a sur le visage cette autre chose qui annonce toujours les tempêtes et dont elle guette avec crainte le surgissement : un sillon qui part du sourcil gauche et rejoint l'arête de son nez. Un creux dans lequel se nichent son mécontentement, sa rancœur et les représailles à venir.

Elle se répète cette dernière phrase. « Tu me fais honte, là, tu sais ! » Il se moque bien de savoir ce que cela lui fait à elle. Il n'y a que son point de vue qui compte et vaut pour le couple. Il est la pensée, le cœur, la parole, les projets d'eux. Elle a renoncé. Elle s'est abolie.

Elle essaie de se voir dans les yeux des autres. Elle sait bien qu'elle dérange et que son immobilisme interroge, met mal à l'aise. La serveuse n'ose pas approcher. Le barman la regarde avec appréhension. Le couple propret près du bar est vigilant : l'homme est entièrement tourné vers eux. Sa main est posée sur le dossier de sa chaise, prêt à intervenir si besoin, tandis que sa femme fronce les sourcils pour exprimer sa désapprobation et pince sa bouche peinte en rouge.

Quand se met-on debout alors que tout le monde est assis ? Jamais ! Ah si ! Pour porter un toast ou faire un discours à un mariage. Et avant on tape trois petits coups avec sa cuillère contre son verre. Et on dit combien on est heureux d'être là, que la mariée est magnifique, qu'on lui souhaite tout le bonheur du monde, on sort des blagues, on raconte des anecdotes, on fait rire la galerie. Ou alors pour faire une annonce : on attend un heureux événement. Ou on se fiance. Ou on a trouvé un emploi. Ou on a une promotion. Elle s'imagine toutes les situations pour lesquelles on se trouve dans sa position. Elles sont toutes gaies, loquaces, importantes. Et dans son cas ? Gaie, non, loquace, non plus, importante, elle le pressent.

Elle n'est pas sujette aux coups d'éclat. Elle évite les conflits. Elle cède toujours tout de suite. Les gens peuvent la doubler au supermarché, elle ne leur dit rien. Elle ne proteste pas lorsqu'un agent l'arrête, car elle est a priori en tort. À quoi bon argumenter ? Elle est de celles qui tendent l'autre joue, comme il lui dit si bien. Non, il utilise plutôt les termes de « lavette » ou « serpillière » ou « paillasson ». On s'essuie sur elle. Il n'y aura donc pas de tirade ce soir dans ce restaurant, de gifle, aller-retour qui sonne la victime, de verre jeté au visage, d'assiette balayée d'un revers de main. Elle ne réglera aucun compte, elle ne les a pas tenus.

« Tu me fais honte, là, tu sais ! »

Oui, la honte, c'est bien le seul sentiment qu'elle peut susciter chez lui. Et la colère. Et le ressentiment. Et la haine aussi. L'amour, non. Et même pas la tendresse. Encore moins la tendresse.

Elle regarde à nouveau ses voisins, cette jeune fille si belle. Oui, ils sont jeunes, ils sont mignons, au commencement de quelque chose, pleins de doutes et de précautions. Tout est à construire. Elle est émue pour eux. Elle ne les jalouse pas. Elle ne pense pas à ce qu'elle a raté. Elle constate : il n'a jamais eu ces délicatesses, même à leurs débuts. Il savait pour deux. Elle a été emportée par cette conviction, elle en avait si peu. Mais aujourd'hui, elle pourrait avoir une certitude.

Elle se baisse. Il croit qu'elle se rassoit. Un sourire se dessine sur ses lèvres. Mauvais. Ça y est, une fois encore il l'a fait plier. Elle se soumet. Tout rentre dans l'ordre, hiérarchique.

Ce sourire achève de la convaincre. Dans ces lèvres épaisses, elle trouve la force d'achever le geste qu'elle préparait. Elle saisit l'anse de son sac à main. Elle se redéploie. Se déroule. Comme une fougère. Haute, face à lui.

Ses jambes ne fléchissent plus. Ses mains ne tremblent pas. Ses talons sont enfoncés dans le sol comme des crampons de chaussures de footballeur. Elle noue la ceinture de son imperméable beige. Beige, oui, sa couleur. Beigeasse même. Elle le regarde.

— Je m'en vais, Frédéric, je m'en vais.

Elle lui tourne le dos, contourne sa chaise, manque de tomber, se rattrape au dossier, fixe la sortie et avance. Maladroitement. Un pas après l'autre. Le poulain. Elle doit réapprendre. En claudiquant. Mais elle avancera.

2

Bouchées apéritives

— Elle fait quoi la fille, debout, plantée là comme ça au milieu du resto comme un piquet ? demande le barman à la serveuse.

Il se tient derrière son bar massif, fait de marbre, de bois et bordé de laiton clouté, qui délimite son territoire et même, s'il osait, son royaume. Du côté où il se trouve, personne ne le rejoint, personne ne nettoie, ne range, personne ne s'avise de quoi que ce soit. C'est sa partie. Il connaît la place de chaque bouteille derrière lui, de la grande Suze haut perchée aux petites de Coca dans une cagette en plastique à ses pieds, des vins du mois rangés par caisses en bois sous le comptoir à la tireuse à bière sur sa gauche en se déplaçant d'un pas. Et à l'heure du rush, du coup de chaud de 21 heures, quand les plats attendent encore en cuisine que les entrées des bavards et des lents soient enfin débarrassées, quand les desserts s'impatientent et ploient sous la crème Chantilly, quand la deuxième bouteille de vin se profile, mais qu'on n'ose pas encore la commander, quand les digestifs s'envisagent, quand les jambes de la serveuse fatiguent et sa mémoire également, il est content de maîtriser la place de chaque breuvage, de pouvoir attraper la prune sans lui prêter le moindre regard, de sortir un deuxième saint-joseph de dessous le comptoir sans lire l'étiquette, bref, de maîtriser parfaitement son environnement et son contenu. Parfois, il se fait penser à une sténodactylo qui tape son texte sans regarder le clavier de la machine à écrire.

— Ben je sais pas ! Du coup, j'ose pas trop desservir…

Elle parle fort. C'est l'heure où l'alcool commence à délier les langues et débride le volume sonore. L'heure où elle doit se concentrer pour se souvenir des désirs de chaque client, de l'avancement de leur repas, des arrangements qu'ils sollicitent et les aboyer pour gagner la bataille des décibels. Cinq minutes auparavant, ça allait encore, ils se parlaient normalement. Là, le feu a pris brutalement, les bûches se sont enflammées toutes en même temps, la salle s'embrase en un instant.

Elle pose son plateau sur le comptoir, le débarrasse de ses verres d'apéritif vides, attrape deux carafes d'eau pré-remplies à droite, coupe du pain sur le petit meuble en bois juste à côté, qu'elle met dans des corbeilles en osier.

— Tends l'oreille, retournes-y ! lui conseille-t-il, tout en alignant de nouvelles carafes pleines d'eau sur le bar.

— Ah ça non ! Pas question ! se défend-elle. Le couteau à pain n'est pas passé loin de son doigt, il faut qu'elle fasse attention.

— Elle est toute pâle ! Elle ne va pas nous faire un malaise ? s'inquiète-t-il en fixant la cliente debout. Ses mains sont maintenant nouées entre elles. L'homme qui lui fait face ne rétrécit pas sur sa banquette en Skaï. Il fait face, sans porter secours à cette femme tremblante. Sa femme certainement en plus.

— C'est un sacré connard, son mec, crois-moi ! dit-elle soudain. Il m'a fait changer le vin, bouchonné paraît-il, sa viande était trop cuite, le risotto de Madame était froid, elle ne l'avait même pas goûté. Juste pour me montrer que le client est roi, qu'il paye, que je suis à son service ! Qu'il crève !

— Attends, elle se rassoit, c'est bon ! Ah non, elle se relève !

— Et en plus, il lui parle comme à un chien à sa femme ! Moi, un type qui me traite comme ça, ce serait vite vu !

— Ah bon, et tu veux qu'on te traite comment, toi ?

— Avec des égards. De la gentillesse. Je voudrais qu'on soit doux avec moi.

Cyril la regarde. Elle est là depuis deux mois. Et tous les soirs, grâce à une ou deux questions, jamais plus, il ne veut pas se montrer trop curieux ou indiscret, il en apprend davantage sur elle et complète son portrait.

Marion est muette sur son passé. Il ne sait pas d'où elle vient. Elle a débarqué un soir, avec une pochette en plastique sous le bras, remplie de CV, elle voulait savoir si on avait besoin de quelqu'un. Le patron lui a demandé si elle avait déjà travaillé dans un restaurant. Elle a répondu que oui. Chez Fernand. Et elle a ajouté : « Si on peut appeler ça un restaurant. » Ça lui a plu au patron, il a même éclaté de rire. Il aime bien les blagues. Et les gens qui ont de l'esprit. Le soir même, elle était embauchée.

On a vite remarqué qu'elle n'avait jamais été serveuse, cette fille. À sa façon de porter le plateau, des deux mains, comme un tamis, avec tout qui bouge dessus et les verres qui glissent dangereusement vers le bord. Et à sa tenue aussi : jean blanc pour le premier jour, et des chaussures à talons. Du grand n'importe quoi. Alors Cyril lui a glissé l'air de rien pour ne pas la blesser des petits conseils, depuis le bar, comment installer les gens, quand leur présenter la carte, les conseiller, à quel rythme apporter les plats, toutes les ficelles. Il la sait susceptible. Soupe au lait, comme dirait sa mère. Un peu de gaz supplémentaire sous la casserole et elle déborde ! Alors il a procédé par petites touches, il s'est avancé à petits pas.

Lui, ça fait quatre ans qu'il est ici. Au départ, c'était provisoire, un job étudiant. Puis c'est devenu un job tout court quand il n'a plus été étudiant. Il a arrêté d'aller à la fac de cinéma. Il ne va plus qu'au cinéma. Comme si Paris lui avait fait revoir toutes ses ambitions à la baisse. Il ne se reconnaissait pas dans ces cinéphiles prétentieux qui citaient toujours le seul film qu'il n'avait pas vu du réalisateur qu'il aimait bien. Il se sentait toujours en défaut : de culture, de niveau social, d'argent. Il n'osait ramener aucun pote de la fac chez lui, encore moins les filles, il avait honte.

Il a trouvé ce travail un soir, alors qu'il se baladait au bord du canal Saint-Martin. Il venait souvent. Le cri des mouettes et le bruissement de l'eau lui rappelaient chez lui. La Bretagne. Il s'est posé en terrasse pour prendre une bière. Personne n'est venu prendre sa commande. Ça ne le dérangeait pas. Il regardait tranquillement la vie. Au bout d'une demi-heure il est entré, a demandé son demi sans impatience à un serveur débordé, l'a attendu en vain au comptoir. Finalement, assoiffé, il a contourné le bar et s'est servi lui-même. Le patron (qui était le serveur ce soir-là, mais Cyril ne pouvait pas le savoir) lui a demandé ce qu'il fichait là. Il a répondu, impassible, qu'il attendait sa bière dehors depuis un certain temps, que son gosier était sec, qu'il lui a demandé un demi tout à l'heure, qu'il ne s'est pas passé grand-chose, qu'il est venu se servir lui-même du coup, qu'il paierait sa consommation, évidemment. Le patron a regardé comment il utilisait la pompe et l'a embauché dans l'instant. Cyril a rempli des verres et des carafes toute la soirée, et voilà comment les choses ont commencé.

Peu à peu, il s'est senti à sa place, loin du provincial mal dégrossi qu'il a cru être, sorte de Bécassine au masculin, la coiffe et les sabots en moins. Un soir, un homme au comptoir lui a ouvert les yeux : « T'es breton, toi ! J'l'ai vu de suite ! Tu sais, ce n'est pas une honte ! Aucun Parisien, même ceux qu'ont l'air les plus branchés, ne l'est vraiment. T'as qu'à leur demander où ils sont nés, tu verras ! » Cyril a alors commencé un sondage, l'air de rien. Il interrogeait discrètement au comptoir les clients sur leur vie, leur travail, leur origine. Pas un n'avait vu le jour dans la capitale. Si bien qu'il a compris que le Parisien n'était qu'un mythe, une coquille, une carapace, un costume que chacun endosse pour être pris au sérieux. Le médecin, là-bas, avec sa femme, il est vendéen. L'homme à la table sous ses yeux, c'est un Normand. De Lisieux. Le dragueur de service près de la fenêtre, qui vient à chaque fois avec une fille différente et ne se gêne pourtant pas pour mater dans la rue de potentielles proies, il est bordelais. Le père avec sa fille, là-bas, il est belge. Parfois surgit un « Sauriez-vous me dire s'il y a des poivrons dans ce plat ? » qui le trahit et fait un trou dans l'habit parfaitement ajusté du directeur financier des beaux quartiers. Pas un, donc, n'a grandi ici. Tous sont d'ailleurs, lui compris.

De temps en temps, lorsqu'il arrive plus tôt pour son service, en fin d'après-midi après une séance au cinéma, et qu'il fume une cigarette sur le quai, il voit des résistants, des hommes qui assument leur exil. Ils déballent leur canne, montent leur ligne et s'installent sur leur siège escamotable. Ils pêchent, bob sur la tête, veste de treillis, jean usé. Ils convoquent leurs vacances à la mer ou leurs week-ends d'enfance. Ils importent la province, ses guinguettes, ses bords de fleuve, ses canaux, ses pontons, ses plages dans la Ville lumière. Ils font fi de l'agitation, du paraître, de la course après rien. Ils se posent, inactuels, décalés, inefficaces. Ils revendiquent passivement le mauvais goût, la flânerie, l'absurde. Car ils ne prennent rien. Et s'ils prenaient une créature quelconque, ils la libéreraient aussitôt, au vu de ce que cette bête aurait croisé, traversé, englouti. Cyril s'installe souvent à côté d'eux pour discuter. Ils finissent tous par évoquer leur région d'origine, leur enfance, leur nostalgie.

Et elle, d'où vient-elle ? Il n'a pas encore réussi à le savoir, en dépit de son enquête habile, de ses questions faussement innocentes. Il a l'impression d'être dans un vieux roman où elle se déshabillerait peu à peu, le chapeau, un gant, un deuxième gant, une écharpe en fourrure. À la fin, peut-être parviendra-t-il à entrapercevoir un morceau de chair nue. Un poignet. Une cheville. Quelque chose d'elle qui ne soit pas caché. En attendant, il poursuit vaillamment son enquête. Et elle se livre un peu. Indice par indice.

Ce qu'il ignore, il l'invente. Il ne va pas faire semblant : il l'a déjà vue nue plusieurs fois, en rêve, et ce n'était pas mal du tout. Ses fantasmes complètent le tableau bien succinct qu'il a sous les yeux : jolie, des pommettes hautes, des yeux foncés, blonde, une coupe à la garçonne, des seins. Il a remarqué. Il ne va pas le nier. Sa poitrine généreuse lui donne de l'espoir : quelque chose en elle abonde, voire déborde. Et il se tient prêt à récolter ce trop-plein. Même si l'approche est difficile.

3

Entrecôtes-frites

— Tu ne descendrais pas avec moi ce soir au restaurant du coin te faire une petite entrecôte ? je lui ai demandé.

— Oui, pourquoi pas, mon chéri ? Tu as raison. Je n'ai pas très envie de cuisiner ce soir. La maîtresse de maison va laisser son tablier au placard. Oui, allons-y, m'a-t-elle répondu gaiement.

Nous sommes installés à notre petite table habituelle, celle qui est au milieu de tout le monde, un peu dans le passage et les courants d'air, mais cela ne nous dérange pas. Nous aimons les gens et leurs mouvements, leurs paroles fortes, leurs présences tangibles. Nous tirons nos chaises et nous nous installons en même temps. Nous ôtons nos vestes et les plaçons sur nos dossiers simultanément, l'un en miroir de l'autre, l'autre imitant l'un. Nous nous asseyons avec lenteur. Nous regardons longuement autour de nous, vérifions que chaque chose est à sa place, les tables autour de nous, le rideau rouge en velours qui coupe du froid, les cadres au mur représentant des champs, des fermes, et des vaches, sans doute parce que nous sommes dans un restaurant de viande, nos assiettes en faïence blanche sur les tables, nos couverts alignés, notre carafe déjà prête, un petit vase contenant une seule fleur, un œillet ce soir, que nous prendrons garde de ne pas renverser. Nous reconnaissons quelques personnes, le barman, le séducteur bordelais là-bas près de la vitre, le docteur et sa femme près des toilettes, le jeune couple devant nous. Ah, tiens, la dernière fois que nous l'avons vue, elle était enceinte, le bébé a dû naître. Nous sourions. C'est le ballet de la vie.

Je ne vais même pas demander la carte à la jeune serveuse. Je vais lui passer commande directement. La même chose pour nous deux. Je la connais bien maintenant. Quarante-deux ans de vie commune, tu parles ! On a eu le temps de s'observer, de se rassasier, de s'anticiper même.

Elle est comme moi, elle aime bien la viande rouge. Et les pommes frites. Et ici, ils les font très bien. C'est du roboratif. Pas comme dans ces restaurants modernes où on ressort en ayant faim et en se demandant ce qu'on a mangé au juste. Ici la cuisse de poulet est ronde et luisante, le tartare de bœuf haché au couteau, le risotto généreux et crémeux. De l'authentique. Car elle ne fait pas de chichis, ma Jeanne, ce n'est pas le genre. Elle a un bon coup de fourchette. Et ne boude jamais un petit dessert. Les régimes, très peu pour elle. Très peu pour moi aussi d'ailleurs. Nous avons nos poignées d'amour par lesquelles nous nous attrapons encore, même si Jeanne n'aime pas qu'on parle de ce genre de choses qui ne regardent que nous.

Jeanne frotte ses cuisses pour étaler correctement sa jupe à plis sur ses jambes. Elle remet aussi son gilet sur ses épaules. Et vérifie de la main droite en penchant sa tête l'état de son chignon. Au besoin, elle remet une mèche rebelle désormais blanchie en place en la neutralisant à l'aide d'une épingle. Puis elle sourit d'aise. L'idée sans doute de se faire servir sans avoir rien à faire, pour une fois. Jeanne nous a beaucoup servis, moi et nos trois enfants.

Je ne me rendais pas compte du travail que cela représentait. À l'époque, je trouvais ça normal. Une femme savait tenir son ménage, comme on disait, c'est-à-dire qu'elle lavait, repassait, blanchissait, cuisinait, récurait, soignait, réconfortait, câlinait, aidait aux devoirs... Quand j'y pense aujourd'hui ! Et tout ça en plus de son emploi au magasin ! Sans se plaindre. En souriant. Comme maintenant. Je m'en veux. J'aurais pu alléger sa peine. Et le poids de ses jours.

Elle regarde autour d'elle. Elle va commencer sa gazette. C'est notre truc, la gazette. Nous nous asseyons au restaurant ou à la terrasse d'un café et nous commentons. Jamais le physique, elle a des principes. Nous critiquons rarement, d'ailleurs. Nous ne sommes pas là pour ça. Nous inventons plutôt. « Ce barman et cette serveuse, ils pourraient être frère et sœur, tant ils se ressemblent. Quelle enfance ont-ils eue ? À la campagne, au grand air, je dirais. Ils n'ont pas les manières de la ville. Ils sont un peu rustres. Un peu empêchés aussi », assure Jeanne. Et ce couple à notre droite de l'autre côté ? « Elle a l'air heureuse, cette jeune fille, mais regarde bien au fond de ses yeux, il y a comme une grande tristesse, une détresse même », je dis. Jeanne acquiesce. « Et celle-là, debout, en imperméable ? demande Jeanne. Qu'en penses-tu ? — Quand une femme se lève, l'homme aussi, non ? En tout cas, c'est ce qu'on m'a appris à moi », j'avance. « Et lui il reste assis dans son fauteuil comme un mal élevé ! Moi je dirais que c'est son patron, elle le craint, regarde ! Mais elle vient tout de même de lui annoncer qu'elle démissionnait. — Oui, tu as raison, ça doit être ça ! » je réponds. Jeanne a tellement d'imagination pour inventer des histoires. Elle le faisait tous les soirs pour les enfants qui adoraient ça, et je dois avouer que je l'écoutais en douce.

La serveuse approche.

— Deux entrecôtes-frites, s'il vous plaît, mademoiselle.

— Monsieur, vous êtes sûr ? me demande-t-elle.

— Oui, je suis sûr, mademoiselle, je vous remercie.

— C'est copieux, vous savez ! J'espère que vous avez faim ! précise-t-elle.

— Oui, très faim ! je réponds en souriant.

Je regarde Jeanne. Elle me sourit.

— Elle ne te fait pas penser à quelqu'un, cette jeune fille ? me demande-t-elle.

— Si, à toi !

Cette jeune fille que j'ai rencontrée au bureau de Poste où nous avons commencé à travailler tous les deux avant d'ouvrir notre petite épicerie. Elle était un peu agressive à l'époque. Elle avait toujours envie d'avoir raison. Elle ne s'en laissait pas conter. Mais tous les petits vieux venaient à son guichet, même s'ils devaient attendre deux fois plus longtemps. C'est ça qui a attiré mon attention. Elle s'exprimait doucement, elle essayait de les comprendre, elle arrangeait leurs affaires empêtrées. Et, aux antipodes, les colères qu'elle pouvait piquer si on se comportait mal envers eux, si on les doublait, si on leur parlait grossièrement. J'ai mis longtemps avant d'oser lui demander d'aller prendre un verre un soir. J'avais peur de me faire rembarrer. J'ai mis une vieille casquette et sorti une bêtise du genre « puisque vous aimez bien les vieux » qui pouvait être tout à fait mal interprétée. J'ai rougi. Je voulais reprendre mes mots, mais c'était impossible. Elle a souri. Et elle a accepté. Deux mois après je l'ai demandée en mariage. À l'époque on ne traînait pas. Et je n'avais aucune envie de traîner. C'était elle, je le savais. Elle a accepté. Je n'en suis pas revenu.

J'ai une photo de notre mariage dans mon portefeuille. C'était une belle journée. Mais en sortant de l'église (oui, j'avais accepté de me marier à l'église pour lui faire plaisir), il s'est mis à pleuvoir des trombes d'eau. Et Jeanne a dit : « Le premier qui me lance "Mariage pluvieux, mariage heureux", je lui en colle une. » Et ma mère s'est approchée, et évidemment, c'est ce qu'elle a sorti. J'ai vu ma Jeanne agiter chacun de ses doigts, les bras tendus le long de son corps. Puis elle m'a regardé, a souri, et a remercié chaleureusement ma mère pour ses bons vœux. Ça, c'est ma Jeanne. Des orages impétueux, qui se vident comme des vessies trop pleines à l'épreuve de sa tendresse.

Est-ce que je l'ai rendue heureuse ? Je crois. Nous avons eu nos bons moments. Et nos mauvais. Mais plus de bons au final. Si on fait un bilan. Dans notre livre de comptes, qu'elle remplissait méticuleusement chaque soir, nous sommes bénéficiaires.

Je tiens sa main. Une main large. Aussi large que la mienne. Pas une main élégante et fine. Une main qui tient ce qu'elle a réussi à attraper et qui ne le lâche pas. Une main qui sait se faire poigne quand on tente de lui prendre ce qui lui appartient. Une main dont les veines bleues ressortent comme des racines d'arbre. Une main aux ongles jamais peints, mais toujours impeccables. Une main qui ne porte qu'un seul bijou, son alliance en or, plate, la même que la mienne, avec mon nom à l'intérieur, tandis que j'ai le sien dans la mienne. Enfin pas tout à fait. J'ai fait graver « Jeanne Chérie » dans la mienne. Elle a ri. « Ce n'est pas mon nom de famille », a-t-elle dit. J'ai répondu que si. Une main usée qui a tant lavé, frotté, que sa peau s'est amenuisée sur le dessus, durcie sur le dessous, avec des cals sous chaque doigt. Une main qui ne mettait jamais de gants, ni pour faire la vaisselle, ni pour se protéger du froid. Une main aux grosses jointures, comme des nœuds sur une tige de rosier. Une main ridée. Une main parchemin. Une main qui pianotait lorsqu'elle reconnaissait une musique connue alors qu'elle n'avait jamais appris le piano. Une main qui pianotait aussi quand elle estimait attendre depuis trop longtemps. Une main qui choisissait les plus beaux fruits pour les petits vieux qui venaient s'approvisionner chez nous. Une main que j'ai tenue dans des grands événements, en sortant de l'église, à la naissance des enfants, à leur mariage, aux enterrements des parents. Et d'autres fois sans y prendre garde, dans la rue, dans les chemins du bois le dimanche après-midi, sur la plage, le soir sur le canapé, au restaurant comme ce soir. Ta main.

J'ai bien de la chance de l'avoir trouvée tout de même. Et de l'avoir gardée aussi. Cela ne devait pas être si facile et agréable tous les jours la vie avec moi. Quand je vois tous ces couples ce soir dans ce restaurant qui se cherchent, comme le barman et la petite serveuse, qui s'opposent, comme cette jeune femme debout en imperméable, qui se trompent, comme cet homme là-bas près de la vitre qui ramène chaque fois une fille différente, qui s'ennuient, comme le docteur et sa femme, je me dis que vraiment, le jour où je l'ai rencontrée, ce Dieu auquel je fais si peu crédit a bien dû se pencher quelques secondes sur notre cas.

Je la regarde. Ses yeux bleus. Si clairs. Qui pouvaient virer à l'orage et redevenir lumineux en un rien de temps. Ses yeux plissés aujourd'hui, avec des petites rides autour comme des cils dans la chair. Comme j'aimerais les revoir vraiment !

À son enterrement avant-hier, il y avait du monde. Elle était aimée, ma Jeanne. Le prêtre a fait un beau discours. Quelque chose de très personnel. Qui ne pouvait pas servir pour une autre. Faut préciser qu'il la connaissait bien. Elle venait le voir tous les dimanches. Et quand elle rentrait et que je lui demandais si c'était bien, elle se fâchait gentiment en répondant qu'elle n'était pas allée au spectacle. Monique a bien parlé aussi. De tout ce qu'elles faisaient ensemble à la paroisse, des maraudes où elles distribuaient du café et des sandwichs, de la soupe aussi (bon, je venais avec elles parce qu'on ne savait jamais), des fêtes de la paroisse où je montais les stands et tenais la buvette, de l'accompagnement au baptême où je la laissais accueillir les jeunes couples et parler des sacrements, tandis que je me retrouvais la plupart du temps à avoir un bébé dans les bras et à le balader dans les travées. Finalement, même sans croire, je faisais pas mal de choses avec elle à l'église. Elle avait réussi à m'impliquer sans que je m'en rende compte. C'est bien elle, ça !

Moi je n'ai rien dit, je ne suis pas très bon à l'oral, et puis j'étais trop ému, j'avais peur de pleurer devant tout le monde. Là où je me trouvais, tout devant à l'extrémité droite, je pouvais me cacher tranquille et laisser sortir l'eau quand ça devait. C'est Loïc qui s'est exprimé pour la famille. Très dignement. Avec beaucoup de sensibilité. Elle les a bien élevés nos enfants. J'ai appris des choses. Qu'ils avaient faites tous les deux derrière mon dos, notamment pour un accident de voiture ; à l'époque je m'étais demandé comment ma Jeanne avait fait pour me mettre la 309 dans un état pareil, vu qu'elle conduisait toujours très prudemment. J'ai enfin eu ma réponse : c'était Loïc qui avait encastré notre carrosse dans un poteau en sortant de la route après un virage mal négocié. J'ai souri d'apprendre cela si tardivement. J'ai pleuré des secrets que nous n'aurons plus.

Pendant la petite collation que nous avons organisée à l'épicerie après la mise en terre, Martine m'a demandé ce que j'allais faire maintenant. Et ça m'est venu comme ça d'un coup : j'ai dit que nous allions voyager. Nous avions une liste de tous les endroits où nous rêvions d'aller une fois que nous serions à la retraite et aurions réussi à vendre notre fonds de commerce : le Mont-Saint-Michel (oui, je sais, c'est tout près, mais nous n'avions jamais pris le temps d'y faire un saut), les hospices de Beaune. Petra. Le Taj Mahal. La place Rouge. Pour commencer. Bon, nous taperions un peu dans nos économies, mais il faut savoir se faire plaisir, la vie est trop courte. Oui, je prendrai des billets dès demain. Martine m'a regardé avec un drôle d'air, mais tant pis : nous allions, pour une fois, nous la couler douce et sans culpabilité ! Elle m'a rappelé avec douceur que Jeanne venait d'être enterrée, qu'elle était au cimetière désormais. Enfin c'est ce qu'elle essayait de me faire croire. Mais moi je sais bien qu'elle est ici avec moi.

J'entame ma seconde entrecôte.

4
Andouillette sauce moutarde

— C'est triste ce type tout seul, tu ne trouves pas ? lui demande Cyril. Et en plus, j'ai l'impression qu'il parle ! Alors qu'il n'y a personne en face de lui ! Et même qu'il tient une main imaginaire. Il est un peu bizarre, non ?

Cyril frotte son bar avec application à l'aide d'un chiffon blanc. Il aime que ce soit propre. Il ne dirait pas qu'il est maniaque, d'autres le penseraient pour lui, mais c'est vrai qu'il apprécie que les choses rutilent. C'est autant pour les clients, qu'ils aient l'impression que l'établissement est bien tenu, que pour lui. Quand il se retourne et qu'il contemple son petit pan de mur aux étagères rectilignes remplies de bouteilles à la même distance les unes des autres, le goulot propre, sans dégoulinade sur l'étiquette, prêtes à être saisies sans coller à la main, il est satisfait. Il y a tant d'événements et de réactions qu'il ne maîtrise pas, à commencer par celles de son interlocutrice, que ça le rassure d'attraper une bouteille à coup sûr impeccable quand il tend le bras.

— On est bien, seul, parfois, lui rétorque Marion. Il n'a pas l'air malheureux ! Regarde, tu es tout seul derrière ton bar, et ça te plaît ! Personne ne vient t'emmerder !

— Tu parles ! Je ne suis jamais seul. Tu viens me voir tout le temps !

Il n'ose pas reprendre le mot « emmerder ». Il ne connaît pas suffisamment son humour. Mais sa susceptibilité, si ! Il a souvent entrevu des nuages noirs, rapides à couvrir son ciel, annonciateurs d'orages violents. Il a peur d'appuyer sur les mauvaises touches qui produiraient tonnerre et éclairs. Alors il préfère la pirouette, la petite phrase qui tourne sur elle-même comme un être qui se drape dans sa cape.

Il a eu raison. Elle rit. Et il aime ces grelots. Il lui sert une grenadine. Un fond de sirop, d'un geste ample, et de l'eau fraîche à la pompe. Elle n'a pas eu besoin de lui demander. Il sait ce dont elle a besoin à ce moment de la soirée. Un peu de sucre. Et du désaltérant. Il se dit qu'à défaut de la connaître, il sait au moins ce qu'elle boit. Évidemment, ils sont loin de ces couples déclarés et établis, comme celui qui est installé près du bar, le médecin et sa femme, assortis, unis, mimétiques, mais il faut bien commencer par quelque chose. Et savoir ce que boit l'autre, c'est un bon début.

Elle sirote. Avec une paille. Comme une enfant. Il ne l'a jamais vue demander une goutte d'alcool, au point que c'en est bizarre. Lui s'autorise une petite bière pendant le service, et à la fin aussi, pour terminer sa journée. Elle rien. De l'eau. Et du sirop. Ce qui fait qu'il n'a jamais proposé un dernier verre. De grenadine ? Ce serait pathétique. Et puis un barman qui propose un verre, c'est un pléonasme. Ou plutôt un mec qui continue à bosser. Mais que faire d'autre ? Comment commencer une histoire, ou plutôt lui donner un coup d'accélérateur, sans passer par cette étape incontournable : un premier verre bu ensemble ?

Pourtant, il ne reste pas là les bras croisés ou pleins de bouteilles à attendre que ça arrive. Non, il provoque des choses. Mieux, il les convoque parfois. Pour lui faire comprendre qu'elle est un peu plus, beaucoup plus même, qu'une simple collègue de travail. Il a même appris un tour de magie l'autre fois. C'est Ali, le cuisinier pakistanais, qui s'entraînait dans la cuisine avant le rush pour l'anniversaire d'un de ses enfants. Il lui a demandé de le lui apprendre. Ali a tout de suite compris pour qui Cyril faisait tout ça. Il a ri, a fait un clin d'œil et a expliqué le tour pas à pas. Cyril s'est entraîné plusieurs soirs de suite pour faire disparaître et reparaître cette carte qui a l'air sélectionnée au hasard, mais qui ne l'est pas du tout. Et quand enfin il a été prêt, il s'est lancé, à la fin du service, alors qu'elle changeait de chaussures dans la réserve. Quand il y pense ! Heureusement que le ridicule ne tue pas ! Il s'est emmêlé les pinceaux, trop de pression, trop d'enjeux, il a mal caché la carte dans sa manche, elle a vu le tour de passe-passe, la carte n'est pas réapparue au bon moment, elle l'a fait remarquer, il s'est énervé, elle a haussé les épaules, dit « Ce n'est pas grave » ; elle a enfourché son vélo et elle est partie. Pour lui, c'était grave. Il a jeté les cartes à Ali. Puis les a ramassées ensuite en s'excusant, il ne voyait pas pourquoi Ali devait subir sa colère et sa frustration.

— Moi j'aime bien être seule. Ça ne me dérange pas, déclare-t-elle.

Une autre info. Une touche supplémentaire de peinture sur la toile. Une autre pièce du puzzle.

Et quelle pièce ! Elle est seule ! Pas de petit ami dans le paysage. Célibataire. Libre. Il sent pourtant d'autres chaînes.

Et une solitude pleinement assumée et consentie n'est-elle pas plus terrible que tous les bellâtres du monde en embuscade ? Il saurait mieux attaquer un rival que franchir des barrières invisibles. Mais il n'a pas le choix.

Peut-être qu'elle a un chat pour peupler sa solitude. Pourtant, elle ne ressemble pas à une « fille à chats ». Il les connaît bien. En manque d'affection. Avec des canapés à coussins fleuris. Et des tasses à pois rouges. Et l'animal qui vient vous emmerder la nuit, se frotter à votre pantalon noir, pour y laisser ses poils et son odeur et assister à vos ébats d'un œil critique et cynique. Oui, il connaît. Pourvu qu'elle n'ait pas de chat ! Il faudra qu'il s'en assure. Mais pas tout de suite. La route est encore longue, il ne le sait que trop.

5

Encornets farcis

Ils n'ont plus rien à se dire. Et pourtant c'est la première fois qu'ils se rencontrent. Ils se sont tant racontés, décrits, analysés, décortiqués qu'ils sont comme des crevettes. Les carapaces sont tombées mail après mail, la chair tendre et rose a été mise à nu semaine après semaine, dans une frénésie d'écriture et de dévoilement. Leur histoire a pris de l'avance sur eux-mêmes.

Au début, c'était court. Une approche à petits pas sur le verglas. Ils avaient peur du moindre mot. Peur de déplaire, d'effaroucher, blessés sans doute, on ne vient pas sur Internet par hasard. Ils se cachaient derrière leur écran, entre les lignes. C'était confortable. Là, ça ne l'est plus du tout.

Le restaurant est bien, c'est la première fois qu'il vient, il a lu des avis sur LaFourchette, « familial et bon marché ». C'est exactement cela. Bon, le décor n'est pas très original, des cadres au mur avec des images de vaches, le rideau en velours rouge à l'entrée n'est plus de première jeunesse, la banquette, qu'il lui a laissée (pensant qu'il valait mieux témoigner d'une certaine forme de galanterie, même si certaines femmes aujourd'hui le perçoivent mal, mince, peut-être aurait-il dû prendre la banquette, bon, c'est trop tard de toute façon), est assez défraîchie. (Et il a lu aussi quelque part, il s'en souvient maintenant, que certaines banquettes un peu vieilles filent les collants avec leurs aspérités en Skaï. Et comme elle est en jupe, il aurait dû prendre la banquette. Bon, mais maintenant, c'est vraiment trop tard.) Il voulait à tout prix éviter les endroits modernes, branchés, impersonnels, où le serveur est mieux sapé que vous et vous prend de haut. Là, la fille a l'air sympa et le barman pourrait être son pote. Et puis c'est vivant. Rien d'aseptisé, de contrôlé, de neutre. Ici on se lève, on se regarde, on se sourit, on trinque, on discute. Il n'y a qu'à voir ce groupe de mecs, là-bas, des commerciaux sans doute, vu leurs costumes un peu brillants et trop larges aux épaules, avec leur chef certainement. Ils parlent un peu fort. Ils ne se gênent pas. Mais c'est bien. Ils sont dans la réalité. Et c'est ce qu'il cherche avant tout après ces nombreux échanges virtuels.

Elle se dandine, assise. « Je suis grand, châtain, les yeux foncés », a-t-il écrit. C'est juste. Mais il est aussi enveloppé, myope et plutôt roux en fait. Quelle vérité choisir ? Celle qu'il a donnée, celle qu'elle perçoit ? La version acerbe, la version indulgente ? Elle hésite, et rebondit d'une fesse sur l'autre. Elle n'aime pas les banquettes. On s'y enfonce. On s'y ratatine. Et c'est difficile de se tenir droite sur une banquette. Déjà qu'elle ne se tient jamais droite. Elle aurait dû prendre la chaise. Elle le regarde à nouveau brièvement, avant de fixer les yeux sur les carafes d'eau alignées sur le comptoir. Oui, ses cheveux sont vraiment roux, et particulièrement sous la lumière artificielle. Elle s'interroge. S'il avait écrit qu'il était roux et rond et à lunettes, aurait-elle poursuivi leurs échanges ? Serait-elle là ce soir ?

Il ne sait pas comment lancer la conversation. Elle est plus jolie que sur la photo qu'elle lui a envoyée (lui, il a botté en touche, fait comme s'il n'avait pas compris. Inutile de se tirer une balle dans le pied avant le début du western). Elle est plus souriante, plus vivante. Plus grande aussi. D'ailleurs elle est vraiment grande, non ? Faut dire qu'elle lui a scanné la photo de sa carte d'identité. Il n'a eu qu'un visage. À rattacher au corps qu'il voulait. Du coup, il l'a bêtement imaginé tout petit, proportionnel à la petite tête.

Pas dans la séduction, cette fille, s'est-il dit en recevant la photo. Ça le changeait de celles qui montraient leurs nibards après deux échanges de mails. De beaux seins, en général, il n'y avait rien à dire. Ce n'était pas le problème, d'ailleurs. Si elles les exhibaient, c'est qu'elles en étaient fières. Mais il le reconnaît, il est plutôt vieille école, les seins, il préfère les découvrir par lui-même, pas qu'on les lui jette à la gueule. C'est trop violent pour lui. Coincé ? Oui, peut-être. Il assume. L'important, c'est de se connaître.

La serveuse leur apporte la carte. Elle est jolie, avec son T-shirt noir, comme ça, et son jean, tout simple. Bon, elle a les cheveux un peu trop courts à son goût. Il aime bien les cheveux longs. Décidément, il est assez classique en fait. Oui, il est content qu'elle ait les cheveux longs. C'est bizarre de comparer deux femmes comme il le fait. Surtout un soir de premier rendez-vous. Faut qu'il arrête, cela ne se fait pas. Elle va croire qu'il est une sorte de don Juan. Enfin bon, avec le physique qu'il a, elle aura de sérieux doutes. Il a toujours été surpris par ces cartes dans les restaurants, ces grandes pochettes en faux cuir qu'on ouvre en deux de façon cérémonieuse alors que tout tiendrait, la plupart du temps, sur une simple feuille. C'est pour se cacher derrière. Pour se donner un air important. Pour faire passer le temps. Pour donner l'impression du choix. Elle est gauchère, la serveuse. Elle tient la carafe pour remplir les verres de la main gauche. Et elle ? Il a oublié de lui demander.

Elle s'inquiète : il la jauge, morceau par morceau, les bras, les mains, la tête, le corps. Elle sent son regard voyager sur son corps. Il s'affine. Se fait loupe pour venir au plus près : des yeux dans ce visage, puis une bouche, des joues aussi, et un front. Les yeux sont tombants, ils font tristes, cocker, elle lui soufflerait. Et sa bouche est fine, pas assez pulpeuse pour recevoir des baisers, elle lui suggérerait. Et ses joues bien pleines. Et son front trop grand. Elle attrape son couteau. Puis le repose aussitôt. Elle ne lui veut aucun mal, c'est agressif comme geste, pourvu qu'il n'interprète pas ce geste, elle est foutue. Il ne la trouve pas jolie, c'est sûr, elle non plus, qu'il se rassure. Et cette coiffure, c'est raté. Elle est allée pourtant dans un « bar à chignons », ça ne s'invente pas. Elle aurait dû opter pour un bar tout court, cela l'aurait au moins détendue. Elle porte une main à sa coiffure pour s'assurer que quelques mèches folles supplémentaires ne dépassent pas. Un chignon « coiffé-décoiffé ». Décoiffé surtout. Ces mèches qui sont entortillées artistiquement et qui se désentortillent affreusement. Le flou artistique, c'est cela. Là où elle s'enlise.

Peut-être qu'elle ne veut que du cul, et lui, il en est à se poser des questions métaphysiques ! Cette façon d'empoigner son couteau, c'est un signe qu'elle lui envoie ? Mais elle s'est trop racontée pour un coup d'un soir ! On n'a pas besoin de tant en savoir sur l'autre pour le prendre et lui donner du plaisir ! Mais ce n'est pas si sûr… Peut-être que le sexe c'est mieux avec quelqu'un qu'on connaît ? Peut-être qu'elle veut du sexe éclairé, conscient, informé ? Et peut-être que non ? Et merde ! C'est ça le problème, toujours à réfléchir, à se poser des questions au lieu de se lancer, de se jeter dans l'action ! Justine le lui a suffisamment reproché. « Pete l'indécis », l'appelait-elle. Avant de sortir de sa vie du jour au lendemain, sans même claquer la porte.

Ils examinent la carte. Bon, il ne va pas se mentir, ça serait bien qu'elle ne prenne pas un truc trop cher parce que ce mois-ci, c'est un peu serré. Il a regardé avant sur Internet, le plat est à 15 euros, c'est correct. Ah, l'entrecôte est à 25. Bon. Elle ne va pas manger une entrecôte ! Si ? Ben ce n'est pas grave, il ne prendra pas de dessert. Et puis il va choisir le vin. Là, il ne faut pas mégoter. Pas de chablis qui troue le ventre ou de côtes-du-rhône qui pilonne la boîte crânienne. Il ne voudrait pas que le souvenir qui lui reste de cette soirée soit un ventre torturé ou un cerveau douloureux. Non, sur le vin, il ne fera pas d'économies. Après, il va quand même le prendre au verre. Parce que bon, une bouteille, ce n'est pas donné. Et ce n'est pas sûr qu'ils la finissent, donc ce serait gâcher. Au verre, on dose mieux sa consommation. Lui, au bout de deux verres, il est bien. Parfois, il pousse jusqu'au troisième, mais ce n'est pas fréquent. Et les filles boivent moins, c'est connu. Oui, il va commencer par deux verres de blanc.

Elle fait quoi, cette fille debout juste à sa gauche ? Elle s'en va ? Elle se demande si elle ne devrait pas faire comme elle. Ils sont déjà dans le silence. Ils ont déjà épuisé leur réserve de mots sans en avoir prononcé aucun. La découverte est derrière eux. Ils ont achevé quelque chose qui n'a pas encore commencé dans la vie réelle. Les signes de la fin sont là, au début. Il n'y a aucune raison d'attendre les désaccords, les disputes, de vivre quoi que ce soit. Elle finira seule de toute façon. C'est son statut depuis deux ans maintenant. C'est son piège. Sa malédiction. Elle sera semblable à ce pauvre gars qu'elle a vu en entrant devant son entrecôte. Enfin ses entrecôtes, parce qu'il a deux assiettes. À bâfrer pour remplir un vide intérieur. À se farcir. Sans apprécier vraiment.

Ils n'ont pas l'air d'un couple. Ces deux vieux là-bas au fond, enfin vieux, cinquante ans, on voit qu'ils sont ensemble, ils se ressemblent, d'ailleurs. Cette veste de tailleur s'accorde parfaitement à ce veston, comme coupée dans le même tissu. Il y a une fraternité des amoureux, on dit souvent des membres d'un couple qu'on dirait le frère et la sœur. Mais eux non, ils sont trop dissemblables. Elle cherche ce qu'ils pourraient avoir en commun. Son visage est rond, le sien anguleux. Ses yeux sont clairs, les siens sont foncés. Ses cheveux sont blonds, les siens roux. D'ailleurs ce roux, elle n'est pas sûre d'aimer. Ni cette peau laiteuse. Ni les taches de son partout sur le nez. C'est bizarre les roux. Et il paraît que ça sent bizarre… Bravo, ma fille, on va loin avec ce genre de préjugé !

Bon, ils n'ont qu'à parler littérature. S'il se souvient bien, et, pour être honnête, il se souvient de tout, elle aime Proust, Céline, Flaubert. Trio implacable. Option 1 : se mettre à défendre un petit auteur injustement déconsidéré aujourd'hui. Gide ? Non. Nimier ? Mieux. Plus hussard, plus courageux. Option 2 : les dézinguer tous les trois, alimenter la contradiction, lancer la dialectique. Risque :

provoquer son courroux. Option 3 : mettre un bémol sur l'un d'eux. Dangereux, ça, très dangereux. Terrain miné. Option 4 : changer l'ordre d'arrivée. Argumenter que Flaubert dépasse Proust. Qu'il n'a pas lu. Elle s'en apercevrait vite. Tout le monde parle des livres qu'il n'a pas lus. Mais commencer, enfin poursuivre, enfin non, commencer réellement une relation sur un mensonge, il n'aime pas.

Il choisit la première option finalement. Et se tait. Il regarde le couple à côté d'eux. Ils se dévorent des yeux. Ils viennent de faire l'amour ces deux-là, c'est sûr ! Il la bouffe des yeux, et elle aussi. Il est sûr que s'il fait tomber sa serviette et qu'il regarde sous leur table pour la ramasser, il verra qu'ils se font du pied. Eh bien paf, il avait raison. Elle a même enlevé sa chaussure. Chaude la fille ! Elle balade son pied presque nu, recouvert d'un collant tout fin, sur la cheville du gars. Et lui qui n'ose même pas parler de littérature…

Ils partagent le silence. C'est beau comme du Bobin. Mais non. Le silence les écrase. Ils sont loin de l'absence de paroles pleine de mots tus, d'entente parfaite qui défie et outrepasse le langage. Ils n'ont tout simplement rien à se dire. Leurs regards se croisent, ils se sourient, et détournent vite les yeux, gênés. Comme des aimants du même pôle qui, à l'approche l'un de l'autre, n'ont d'autres choix que de se fuir. Partir comme cette femme lui apparaît définitivement comme la seule solution. Mettre un terme au supplice. Après tout, on peut très bien s'entendre sur papier, enfin sur écran, et se fuir en vrai. Du virtuel au réel, le passage qui ne se fait pas. Le saut qui n'a pas lieu. De l'esprit à la chair, une incarnation ratée. Ils s'écrabouillent simultanément, chacun contre la paroi de l'autre. Et redescendent contre la vitre, assommés, comme des bêtes écrasées. Se cacher derrière le marché Internet. Le produit qu'on a mis dans son panier ne convient pas, on le rend. Bon pour échange. C'est aussi simple que cela. Pas d'affect. Au suivant. Elle s'empêtre toujours dans un sentimentalisme inutile. Oui, mais pourtant, lui, il avait quelque chose. Elle ne peut pas s'être trompée à ce point. C'est lui, c'est sûr. Il est drôle, spirituel. Pas de blague déplacée. Pas le type qui abandonne une conversation quand tu dis Proust, qui te fuit comme si tu avais la tuberculose quand tu as osé écrire que tu lis, vas au théâtre, et parfois à l'opéra. Alors, quoi ? Il suffit juste de dépasser ce silence, de lancer quelques mots, n'importe lesquels, et tout sera sauvé. Mais non, ce n'est pas possible, il n'est pas en train de faire ça ! Le coup de la serviette ! Elle n'y croit pas ! Il mate ses jambes ! Sous la table ! Comme ça, l'air de rien ! Il faut vraiment qu'elle s'en aille, comme sa voisine ! Pourtant, ce n'est pas tout à fait la même chose. La pauvre femme a de vraies raisons de partir. Il lui parle comme à un chien. Elle sent de la haine froide qui circule entre lui et elle. Non, elle a plutôt de la chance, elle, avec son voyeur du dimanche. Il est mignon en fait. Et regarder sous les jupes des filles, c'est vieux comme le monde ! C'est attendrissant même. Rien à voir avec ce « Tu me fais honte, là, tu sais » glacé et glaçant.

La toucher, lui prendre la main. Du *skin-contact*. Le langage corporel pour pallier l'absence de langage verbal. Tenter quelque chose quand les bouches sont paralysées. C'est le moment, là, coco, vas-y, lance-toi ! Tu peux le faire ! Soudain il lui prend la main. Il a ce courage-là.

C'est pire que de sauter dans un précipice. Elle ne l'enlève pas. Il pousse un soupir de soulagement, qu'il déguise en expiration pour balayer une mèche rebelle de son front.

Il fait voyager ses doigts sur les siens. Elle se ronge les ongles. Merde ! Elle n'est pas si sereine qu'elle le laissait entendre. Après, les gens lisses, sans névroses, sans angoisses, c'est chiant. Mais trop d'angoisse, c'est pénible aussi. C'est vraiment profond ce qu'il se raconte. Sa main est sèche. Pas de moiteur. Pas de patte molle qui se liquéfie. Mais pas de mouvement non plus. Aucune exploration ne répond à la sienne. Aucun doigt ne se déplace sur sa peau pour en jauger la douceur, ne tâte, n'appelle du dessous. Aucune curiosité de sa main pour la sienne. Une main ferme et froide. Une main de morte ? Car la vraie question est bien celle-là : celle de la réciprocité du désir. Est-ce qu'elle a envie de lui elle aussi ? Auquel cas, il n'y a plus de problèmes. Des obstacles, oui, des problèmes, non. Et il ne peut pas répondre à cette question. Il peut seulement tenir cette main pour obtenir une autorisation.

Bon, il lui a pris la main. Les choses avancent. Maintenant elle n'a plus à tergiverser, elle reste. La femme d'à côté a ramassé son sac et quitté la table. Elle, non, elle reste. Elle aurait dû garder quelques sujets en réserve et établir une petite liste de thèmes à aborder pour le soir de la rencontre. En garder sous le pied, comme on dit. C'est bien elle, ça, de tout donner en pâture. Ne rien retenir. Et là ils sont secs. Sans ressource. Tenus seulement par quelques doigts. Liés par quelques centimètres, peau en contact. Touchés et touchants. Est-ce que cela pourrait devenir caressés et caressants ? Sa main recouvre la sienne et la protège. Elle aime bien. Elle n'ose pas bouger.

Delphine, ça ne lui va pas du tout comme prénom. Il ne sait pas, à la voir, comme ça, il l'aurait appelée Anne. Un truc féminin, classique, beau, simple, intemporel. Oui, Anne, c'est bien. Delphine ! Le dauphin en latin. Elle n'a rien d'un poisson. Enfin d'un mammifère. Les dauphins, c'est comme les baleines, non ? Mais où part-il ? Il ne peut pas s'arrimer à cette main, la tenir et s'y tenir, en acte et en pensée ! Elle vient de tourner une page de la carte. Mince. Il suit le parcours de ses yeux. Ils descendent vers les plats chers. Mince. Il n'est pas à proprement parler dans le besoin. Non. Il a sa paye de professeur. Mais une fois qu'il a réglé le loyer de son studio à Paris, aidé sa mère, honoré les factures et rempli le frigo, il ne reste plus grand-chose. Il en a honte. Il sait que les hommes qui n'assurent pas financièrement ne sont pas attirants pour certaines femmes. Argent et pouvoir sont alors les attributs de la virilité. Déjà qu'il commence à perdre un peu ses cheveux… Si en plus il est pauvre. Bon, il faut qu'il se détende. Qu'elle choisisse ce qu'elle veut. Que l'argent ne soit pas un sujet ce soir. Il aura bien le temps de s'en préoccuper après. Si besoin, il fera des heures supplémentaires et il donnera des cours particuliers.

— Bonsoir, vous avez fait votre choix ?
Silence.
— Vous souhaitez que je revienne plus tard ?
Silence.
— Vous souhaitez boire quelque chose peut-être ?
Silence.

— Heu ! oui… Deux verres de sancerre. Vous, tu aimes le sancerre ?

Hochement de tête de la fille.

— Alors deux verres de sancerre, mademoiselle, s'il vous plaît.

Il a une belle voix. Quand il a commandé le vin, elle a trouvé qu'il avait une belle voix. Douce, caressante, mais ferme en même temps. Bien, quoi ! Elle aimerait l'entendre un peu plus. C'est érotique une voix. Ça charme, ça transporte, ça excite aussi. On en est loin… Ne pas aller plus vite que la musique… Et puis, il est bien élevé. Mieux, il est respectueux. Elle a eu peur avec l'histoire de la serviette sous la table, mais elle s'est trompée. Elle a bien aimé la façon dont il a dit « s'il vous plaît, mademoiselle ». C'était désuet, mais joli. Est-ce qu'il lui dira cela après l'amour ? « C'était bien. Merci, mademoiselle. On recommence, s'il vous plaît ? »

La serveuse apporte les deux verres de vin. Ils commandent les plats. Une salade du chef pour lui. Un tartare de saumon pour elle. Ils ne trinquent pas. Ils se regardent à peine. Ils commencent à boire tout de suite. Il a demandé une salade quand même ! Que penser d'un homme qui choisit une salade ? Il est au régime ? Il se surveille ? Le genre à se peser ? À passer du temps dans la salle de bains le matin ? À mettre de la crème hydratante ? Et s'il se surveille, il la surveillera ? Chérie, tu n'as pas un peu pris ? Elle préfère les hommes qui mangent des entrecôtes, comme l'homme seul là-bas. Des carnivores. Mais on n'est plus à la préhistoire, Delphine, quand même ! Elle ne veut pas la peau de bête et le silex taillé, tant qu'elle y est ! Oui, mais la salade ! Peut-être qu'il se réserve pour un gros dessert ? Peut-être qu'il est plus bouche à miel, comme disait sa grand-mère ? Oui, il va prendre des profiteroles avec du chocolat fondu dessus. Ou un mille-feuille ! Oui ! Pourvu qu'il soit gourmand ! Qu'il aime la vie, qu'il sache en profiter ! Pas un raisonnable, de grâce ! Un bon vivant ! Un jouisseur ! Elle veut bien essayer un jouisseur !

Elle a commandé un tartare de saumon. Il dirait que c'est autour de 18 euros. De mémoire. Il faudrait qu'il redemande la carte pour s'en assurer. Il prétendrait avoir des remords, vouloir changer de plat. Ça ferait indécis. Non, il ne va pas faire ça. Il faut qu'il se détende. Vraiment. Un tartare de saumon. Du poisson cru pour un premier rendez-vous. Très bien. Elle n'a pas froid aux yeux. Carnivore, direct. Non, piscivore. C'est son côté Delphine. Arrête avec ça. Prédatrice en tout cas. Il est ridicule avec sa salade. Il l'a commandée en premier, pensant qu'elle ferait de même. Les filles prennent des salades au restaurant, non ? Eh bien, ça lui apprendra à avoir des préjugés à la noix ! Elle a choisi ce qui lui faisait envie et il aurait dû faire pareil ! Il va avoir faim dans deux heures, quand les choses commenceront à se concrétiser, si elles se concrétisent, ce qui n'est pas gagné. Un long baiser avec un énorme borborygme. Génial ! Du sexe avec des bruits d'intestins qui se tordent ! Merveilleux ! Et une haleine de fauve, car quand on a faim, on pue du gosier ! Tu as tout bon, Thibault, c'est splendide !

De toute façon, tant qu'ils ne l'ont pas fait, il peut imaginer tout ce qu'il veut. Leur complicité reste hantée par cette question, de savoir comment ça se passera au lit, est-ce que ça collera entre eux. Il y a des corps qui se correspondent alors que les esprits s'opposent, il y a l'inverse aussi. Et les deux ? Et la chair et l'esprit ? N'y a-t-il pas de vases communicants ? L'un vide-t-il l'autre ? Ils s'entendent bien, enfin par écrit. Leurs têtes ont des choses en commun.

— Et sinon, tu aimes aller à la pêche ?

Voici la phrase qu'il s'entend prononcer.

6

Ris de veau sauce madère

— Ça avance entre les deux de la table 2 ? lui demande-t-il en servant deux verres de blanc.

— Je ne sais pas. Je n'ai pas l'impression. Ils ne se parlent pas beaucoup. Ils sont comme bloqués. Ils ne savent même pas s'ils doivent se dire tu ou vous… J'ai dû leur poser la question trois fois avant qu'ils répondent pour le sancerre…

— Parfois, ça avance sans parler, tu sais…

Il y croit ferme. Deux mois qu'il bosse à la conquérir en contrôlant son débit verbal. Il espère bien que ses mots cheminent lentement et souterrainement en elle…

Il y a des soirs où elle ne dit rien. Même pas bonjour en arrivant, rien de rien. Il voit bien qu'elle serre les dents. Et qu'elle est en colère. À la façon dont elle dépose son vélo contre le mur dans l'arrière-cour du restaurant, ou plutôt dont elle le lance sur le sien, qui n'a rien demandé, et qu'il passe des heures à réparer et à régler. Il faudrait qu'il lui dise, d'ailleurs, qu'il y tient, à son vélo. C'est celui de son père, un Peugeot vert pâle, guidon retourné, selle en cuir, lanières en cuir également sur les pédales pour caler ses pieds, sonnette au bruit inimitable, un vrai bijou, qu'elle maltraite sans le savoir. Il ne tient pas à grand-chose dans la vie, mais à ce vélo, oui. Après les bruits métalliques, le second indice, ce sont ses pas. Qu'elle martèle. Rien qu'en les entendant, il sait définir son humeur. Et quand son visage apparaît dans la réserve, fermé, avec une ride entre les deux yeux bien marquée, qui sépare de façon évidente les jours de bonne humeur des autres, il n'est qu'une confirmation de ce qu'il savait déjà : mademoiselle en a gros sur la patate, ou plutôt lourd sur les épaules. Ces soirs-là, inutile de lui parler. Ni même de chercher une blague qui amoindrirait le sillon qui la coupe en deux. Il est immédiatement accompagné d'un haussement de sourcils dédaigneux. Elle sait être hautaine.

Ces accès durent trois jours. À chaque fois. Exactement. Elle n'a pas la noirceur tenace. Puis ils passent, et la conversation peut reprendre. Là où ils l'avaient laissée. Mais même si elle s'apaise, sa vigilance est toujours de mise. Comme une alarme qui se déclencherait au moindre mouvement détecté. Elle est d'un naturel inquiet. À chaque fois que quelqu'un entre dans le restaurant, que le rideau rouge s'écarte, elle tourne la tête immédiatement. C'est pavlovien. Quand un client monte le ton, fait une blague tonitruante, racle sa chaise bruyamment, quitte la table, la ride du souci réapparaît sur son front lisse. Un soir, deux types se sont battus. Ni lui ni elle n'avaient senti le truc venir. Ils étaient occupés l'un et l'autre. Une plaisanterie mal interprétée, une injure en retour, un verre jeté au visage, une main au collet, les deux hommes en sont venus aux mains sans qu'ils aient eu le temps d'intervenir. Elle est allée se réfugier dans la cuisine avec Ali. Il l'a retrouvée accroupie, les deux mains sur les oreilles, et il a eu toutes les peines du monde à la faire revenir en salle. Il a dû se passer quelque chose dans sa vie. De violent. Qui rend à jamais aux aguets.

— Regarde, il lui a pris la main, j'avais pas vu !

Elle le crie presque, avec une joie spontanée d'enfant. Et met immédiatement la sienne devant sa bouche : elle a parlé trop fort ! Elle sait se réjouir pour les autres, c'est cela qu'il retient. Elle a le cœur grand. C'est important. Pas de repli sur un petit nombril rentré et tortueux même si la blessure qu'il devine pourrait y conduire par mesure de protection. Le bonheur des autres ne fait pas d'ombre au sien, mieux, il l'appelle, le nourrit et le rend envisageable.

— Ah oui, tu as raison. Il y va pas à pas, c'est joli ! dit-il en tendant les verres.

— Joli ?

— Oui. Enfin ce n'est peut-être pas le bon mot… Il ne lui saute pas dessus direct, quoi ! C'est ce que je voulais dire ! explique-t-il.

— Joli, c'était mieux.

Et elle repart vers les tables.

Elle est compliquée, punaise ! Il faut faire attention à chaque mot. Et comment tu le dis, et sur quel ton, et à quel moment ! Décidément, il ne va jamais y arriver avec cette fille ! C'est cuit ! C'est un modèle épidermique. Elle démarre au quart de tour. Une essence, pas un diesel.

C'est le genre à faire des scènes. À quitter des endroits. À partir sur un coup de tête. À planter dans des lieux publics. À monter dans les tours. À piquer des scandales ! Il anticipe les emmerdes. Merde ! Elle le fatigue.

Ça n'a jamais été aussi compliqué de draguer une fille. D'habitude, un léger sourire, une aisance derrière le bar, des verres qui volent, des bouteilles qui flottent, un petit spectacle à la Tom Cruise dans *Cocktail* (oui, il sait, c'est ringard, mais bon, c'est une référence quand même, et on voit tout de suite la scène), un simple compliment glissé l'air de rien, une conversation qui s'engage, des points communs mis en avant, et hop, de fil en aiguille, une chose en amenant une autre, ça finit au lit. Habituellement. Pas tout le temps, il n'est pas en compétition avec le Bordelais près de la vitre, mais de temps en temps, voilà. Mais avec elle, chaque chose bute sur la suivante. Il ne se laisse pas porter. Il gravit des marches.

Il se tire une petite bière. Le liquide frais descend dans son gosier et le lave de sa parole maladroite. Un peu de houblon chasse tous les soucis, il le sait bien. Allez, Cyril, d'échec en échec jusqu'à la victoire finale ! Il va faire tomber ses résistances une par une ! Et lui aussi, bientôt, il lui prendra la main !

Il sort une bouteille de vin pour la 4. Il n'attend même pas la commande. Il le connaît par cœur le Bordelais. Du rouge. Du bordeaux évidemment. Un pomerol 2005. Il les saoule toutes avec le même breuvage. Elles ne le savent pas.

7

Lapin aux pruneaux

Pourquoi on n'y arrive pas ? On tourne en rond. On en revient toujours au même. Reproches, larmes, réconciliations. Valse inchangée. Ritournelle cent fois entendue. Les montagnes russes. Je t'aime, moi non plus. Dix jours de silence. Sans un appel, un message. Pas un mot. Ton silence. Que je remplis de rendez-vous, de salopes. Qui n'existent pour toi que dans mon imagination et mon manque de confiance en moi. Que je ne nie pas. Mais comment pourrais-je éprouver une quelconque estime pour moi-même, aimée à temps partiel, célibataire un mois sur deux, prise, délaissée, reprise ?

Tu es réapparu ce matin. Et tu es là. Ce soir. Si beau. Si sûr de toi. Il t'a suffi d'un « Dispo ? » pour que j'accoure. Je ne sais même pas pourquoi tu mets un point d'interrogation. Tu sais que je le suis. Disponible. Pire, à disposition. J'ai tout de même réussi à attendre une heure avant de te répondre. Un réel progrès ! Bravo, mademoiselle !

Ce restaurant, c'est nous : de la vie, de l'agitation puis le silence, une salle vide et souillée à 1 heure du matin ; des assiettes garnies, des mets appétissants puis de la vaisselle sale, des reliquats de nourriture qu'on jette ; des vins succulents et des gueules de bois ; des confidences, de l'intimité puis le silence et la distance et le regret d'avoir trop parlé.

Que faut-il pour que je renonce ? Que tu disparaisses. J'en viens à l'espérer. S'accrocher ? Mais à quoi ? Aux moments que tu me donnes. S'en contenter. Certaines femmes n'ont même pas cela. Des éclats de lumière, de gaieté, de jouissance, contre un quotidien ennuyeux où l'éclat se fane, la peau dégouline, l'aigreur monte. Tu n'as rien d'autre à offrir que ces fulgurances, ces instants volés, tu me l'as assez répété. Pas de jeu de dupes. J'étais prévenue. Mais j'ai cru pouvoir te changer. Quelle prétention ! Et quelle idiotie ! Pourquoi te vouloir autre alors que c'est toi, tel que tu es, qui m'as plu et séduite ? C'est infernal.

Car tu as raison. Toujours. Tu as raison, car tu n'as pas besoin de moi. Autosuffisant. Et tu as assez de distance et de hauteur pour analyser, anticiper, penser. Moi je fonce, je me cogne, je m'égare. Je hurle, je romps et je reviens en rampant. Tu as tout verrouillé dès les commencements, cadenassé ton accès, dosé ce que tu donnes et ce que tu gardes. Je ne peux prétendre à davantage. Je suis piégée.

Je suis « la cerise sur le gâteau », dis-tu. Sans la cerise, le gâteau est bon. Avec la cerise, c'est mieux. C'est plus joli. Sans, c'est tout de même très comestible.

« Tu n'es jamais contente. » Ta phrase préférée. L'insatisfaction féminine comme étendard. Madame Bovary en embuscade. Je veux toujours plus, autrement, ailleurs, différemment. Ce n'est jamais assez bien. Le dernier week-end à la mer, c'était bien. C'était même parfait. Tu t'es laissé aller à quelques confidences. Je me suis jetée sur tes mots comme un chien sur un os. Tu as parlé au futur. Cet été.

J'ai quelques mois de répit. Je passerai le printemps. Je suis au programme de la saison 2.

Te pousser, c'est se condamner à l'exil. Chacune de mes demandes se solde par une mise à l'écart de plusieurs semaines. Un ostracisme calculé. Réclamer un mot tendre ? Dix soirs de solitude. Quémander une promesse ? Vingt jours de bannissement. Récriminer, faire des reproches, tempêter, hurler, la sanction se compte en semaines. Quand tu la lèves, je reviens, coite, carpette, sans exigence. Sans plus rien oser. Et cela fait sept ans aujourd'hui. Le 18 juin.

« Tu es trop dans l'émotion. » Évidemment. J'ai un cœur. Et je t'aime. Et ton silence me fait mal. Et te voir est une joie. Et ton indifférence me tue. Et je suis jalouse de toutes les filles qui t'entourent et que tu fréquentes. Alors oui, effectivement, je suis dans l'émotion. Trop, par rapport à toi. Comparés à zéro, deux grammes de sentiment, c'est énorme.

— Alors, ma chérie ? Qu'est-ce qui te ferait plaisir ? Une salade pour toi, une entrecôte pour moi, c'est ça ?

Oui, c'est ça. Ou autre chose. Qu'importe.

Je vais manger légèrement, pour conserver la ligne, pour te garder, la concurrence est rude, elle me maintient à un haut niveau de fruits et légumes, tandis que tu prendras de la viande, carnassier, prédateur, et toute la mythologie qui va avec. Ta signalétique est peu subtile.

Tu paieras, nous rentrerons à pied, tu as choisi un restaurant à côté de chez moi, c'est plus pratique, nous allons rarement dans ton antre, ton repaire, je pourrais y trouver les reliquats des autres, ce serait gênant. Nous marcherons en nous tenant la main, à Paris, sous les réverbères, tu t'arrêteras pour m'embrasser, nous arriverons, nous irons dans ma chambre et nous ferons l'amour.

Là s'arrête mon anticipation. Je ne peux jamais me représenter le sexe avec toi. C'est toujours autre chose, différent, ailleurs. C'est là que tu es fort. Pas de routine, de point de repère, il va commencer par faire cela, puis ensuite cela, pour finir par là. Ce qui donne, pour les autres, dans les grandes lignes : je t'embrasse, avec la langue, je te caresse, les cheveux, le dos, pour arriver aux seins, puis genoux-cuisses-sexe, les meilleurs prennent un peu de temps pour l'enchaînement, puis monsieur grimpe, quelques va-et-vient, puis madame domine, et en un seul retournement l'affaire est bouclée. Comme un steak tartare poêlé. Le menu de base. Vous pouvez prendre quelques suppléments, ajouter quelques épices et condiments à base d'oralité et de gymnastique, mais globalement, vous y êtes.

Avec toi rien de tel, tu le sais et tu me tiens. Par là. D'abord et aussi. Ne jamais sous-estimer le pouvoir d'un homme qui fait bien l'amour. Ils sont tout de même si rares. Tu te distingues dans la foule des maladroits, des patauds, ou pire, des sûrs d'eux qui savent de toute éternité comment « marche » une femme, alors qu'ils n'ont, par vanité, jamais consulté un mode d'emploi, pris des informations, observé des réactions, expérimenté des gestes nouveaux. Ils savent. Ils font. Si la fille n'aime pas, c'est elle qui a un problème. Toi, bizarrement et de façon inespérée, tu es à l'écoute, tu tentes des choses, tu apprends et les résultats sont prodigieux. C'est d'ailleurs assez surprenant de ta part, cette forme d'humilité, ce désir de découvrir, toi qui par ailleurs commandes, assènes, manipules. Je crois que tu aimes ça. Satisfaire une femme, c'est encore la dominer. Le sexe est une forme de challenge. Toutes différentes, mais toutes déchiffrables et compréhensibles. En s'appliquant un peu.

Combien en tiens-tu de cette façon ? Je ne suis pas née de la dernière pluie. Il y en a plein d'autres. Je l'ai vu dans ton portable. Ce n'est pas bien de fouiller. C'est vrai. Je m'en fous. Des belles. Des chaudes. Qui laissent des messages sans ambiguïté. Qui ont envie de toi et te le disent de façon crue. Une fois, j'ai essayé de m'aligner sur leur sincérité. De jouer les délurées, un soir. J'avais un peu bu, ça m'a aidée. Tu m'as répondu dans la minute : « Ça ne va pas ? Qu'est-ce qui te prend ! » Je ne dois pas être rangée dans cette catégorie-là. Il en faut pour tous tes goûts et toutes tes humeurs. Je suis estampillée sage, bourgeoise, timorée, c'est excitant aussi, sans doute. Nous sommes plusieurs et constituons un éventail de plaisirs. Un arc-en-ciel. Une gamme exhaustive. Un panel représentatif.

Que puis-je contre les autres ? Qu'ai-je de plus qu'elles ? Rien. Si ce n'est ma soumission. Et ma longévité. Je compte là-dessus. Les nouvelles doivent piquer des crises quand elles se savent trompées. Moi j'accepte, et même je fais semblant de ne pas le savoir, et du coup je tiens, je reste. Tu n'es pas homme à promettre la fidélité. Qui oserait te la demander ? Plutôt te l'extorquer. Avec un enfant. J'y ai pensé. J'ai finalement renoncé. Nous serions deux malheureux. Autant être seule dans cette indigence sentimentale.

— Tu es très en beauté ce soir, ma chérie.

Tu viens caresser ma main sur la nappe immaculée. Les mots tendres ne te font pas peur. Tu me les jettes comme des écrans de fumée en les vidant des responsabilités qu'ils impliquent. Crois-tu vraiment que tu me chérisses suffisamment pour pouvoir, en toute impunité, user de ce terme ? Tu prends soin de moi ? Tu veilles sur moi ?

Je suis sûre que tu le dis aux autres. Sur le même ton douceureux. Je n'ai pas de mots réservés. C'est un petit qualificatif qui convient à toutes. Il ne définit rien. « Chérie ». Il ne décrit personne. « Ma Zozo », par exemple, ce serait juste pour moi. Mais tu es bien au-dessus de ce genre de sobriquet un peu enfantin ou vulgaire. Elle me plairait bien cette régression. Et tu ne pourrais l'employer pour une autre que moi. À moins qu'elle ne s'appelle aussi Zoé. J'espère que je suis la seule.

De l'extérieur, c'est irréprochable. Ah, il est tellement bien, Charles. Tellement gentil. Attentif. Tu en as de la chance ! Il te fait tellement de cadeaux ! Et de beaux cadeaux en plus ! Des Louboutin, de la lingerie, des sacs, des voyages… Et puis tu as de la chance d'avoir quelqu'un parce qu'à ton âge, trente-cinq ans passés, à Paris, il y a beaucoup de femmes célibataires, tu sais, les statistiques ne mentent pas ! Tu n'as qu'à regarder la table à côté de toi. C'est plutôt ça la règle, ma vieille : une jeunette et un homme mûr. Ils cherchent toujours en dessous de leur âge, c'est bien connu, pour dominer. Et ils trouvent ! Alors toi qui as depuis longtemps dépassé la date de péremption, tu ne peux plus jouer les fines bouches, hein ! Tes rides qui apparaissent au coin des yeux ne trompent personne, allez, ni celles au-dessus de ta lèvre supérieure !

C'est vrai, il est aux petits soins quand vous le regardez. Quand il a des spectateurs. Dont je fais partie. Parce qu'il est parfait avec moi aussi. Comme s'il cochait des cases, comme s'il passait un examen. Écouter ce qu'elle raconte. Coché. Lui faire des compliments. Coché. La gâter. Coché. L'inviter au restaurant. Coché. Lui tenir la porte. Coché. La faire jouir. Coché. Bravo, vous êtes reçu avec mention. Je suis son juge, il excelle à me contenter. Mais je voudrais être son amie. Qu'il n'excelle en rien. Qu'il soit simplement là, souvent, avec sa mauvaise humeur et son haleine du matin. Avec ses cheveux sales, son vieux sweat. Même son pyjama s'il faut ! Et des pantoufles assorties. Avec des week-ends à ne rien faire, enfoncés dans un canapé, à avaler des séries plutôt que d'arpenter les hôtels de luxe, se détendre au spa, se promener sur les planches, dîner royalement, faire l'amour souverainement. Si, je vous assure ! Mon ingratitude vous semble indécente. Tant pis.

Les mots coulent de ta bouche. Sans peur de provoquer la disparition des sentiments qu'ils feignent d'exprimer. Tu ne connais ni la superstition ni la censure. Même usés, tu les sers et les ressers. Les mêmes mièvreries. Qui ne t'engagent à rien. Tu laisses sans vergogne le robinet ouvert.

Je préfère les taiseux, les pudiques, les maladroits. Ceux qui cherchent le mot rare qu'ils n'ont jamais prononcé, pour dire l'émoi inégalable, le sentiment neuf, l'espoir incomparable. Et qui se tourmentent de devoir y renoncer. Je crois que j'en aperçois un à la table d'à côté, ce jeune homme roux, qui se noie dans son silence, qui s'asphyxie de ses paroles tues, qui questionne sans fin et ne trouve pas de réponses. Ou le barman qui essaie d'attraper la serveuse avec son filet à papillons à chaque fois qu'elle se pose sur son bar. Ces tentatives gauches me touchent.

Toi, tu as des réponses. Tes paroles m'arrosent. Leur eau reste sur mes vêtements. Je me protège. Mais parfois, quelques gouttes se faufilent sous ma peau, jusqu'à mon cœur. Elles le gonflent, le font grandir, je me sens, pour un petit instant, totalement aimée. Puis la terre s'assèche. Jusqu'à ce que l'arrosoir revienne et lui fournisse une petite rasade supplémentaire. À un rythme régulier. Juste assez pour ne pas crever. Jamais suffisamment pour croître. Je décide souvent de me mettre définitivement à l'abri, à une bonne distance du jet d'eau. Mais un « Dispo ? » et j'abandonne mon parapluie.

Tu jettes un coup d'œil discret à ton téléphone. Le troisième de la soirée. Je sors le mien, histoire de dire que je ne suis pas en reste. Et de faire croire que moi aussi j'ai une vie sociale, des amis qui réclament de mes nouvelles, des amants potentiels qui proposent des rendez-vous, et pourquoi pas. Tu remets aussitôt ton jouet dans ta poche de costume, avec un immense rictus d'hypocrite.

Je n'ose plus parler à mes amis. Leur raconter le plein et le vide. Les appeler au secours quand tu disparais, exposer mes tourments, ma haine, m'engager à la rupture, puis ne plus donner de nouvelles, car tu es revenu, et mes promesses se sont envolées, et tu es tout pour moi et il n'y a plus de place ni de temps pour personne. Puis réapparaître quand tu repars. Honteuse. Mes amis soupirent. On connaît la chanson, on n'y croit plus, tu n'y crois pas toi-même. Tu ne le quitteras jamais.

« Il faut que tu rencontres quelqu'un, je ne vois que ça. » Exactement. Les hommes que je rencontre sont des « quelqu'un », des quelconques, des sans intérêt, des comparés, dont le comparant est le canon, le principe d'étalonnage, la référence. Au mieux, ils sont de pâles copies. Au pire, ils mettent l'original sur un piédestal. Leur conversation est inepte. Leur apparence inélégante. Leur présence collante. Leur sensualité téléphonée. Je suis ta prisonnière, même quand tu n'es plus mon geôlier.

— Elle est bonne ta salade, ma chérie ?

— Oui, elle est délicieuse, mon amour.

Comme ce dîner volé. Comme la nuit que nous passerons. Comme seront odieux et insupportables les jours à venir où tu t'évanouiras dans la nature.

« Si j'étais là tout le temps, tu te lasserais de moi. » Créer le manque est une stratégie. Tu places des pions. Tu prépares tes coups. Alors que moi, je suis incapable de penser. Je suis dans l'affolement de ta présence. Dans la joie qui me submerge. Il faudrait de la distance. Certainement. Je n'ai réussi qu'une seule fois. Et encore involontairement. J'avais perdu mon téléphone. Tu es resté deux jours sans avoir de réponse à tes messages. Tu as débarqué un soir, affolé, à ma porte. J'ai presque cru que tu m'aimais. Et quand tu as compris qu'il s'agissait d'un simple souci technique, et non d'un éloignement voulu de ma part, ou d'un autre qui aurait pris ta place et mon cœur, tu es reparti, sans même m'embrasser. Le silencieux est toujours celui qui gagne. Car il s'agit d'un combat permanent, que je perds.

Tu parles. J'entends tes mots. Mais je n'écoute pas. Ma pensée suffit à me tenir compagnie. Je dialogue avec moi-même. Je t'ai tant observé, décortiqué, analysé, que je n'ai plus besoin de te prêter l'oreille.

Notre table touche la vitre. Le radiateur chauffe mes jambes. Cela fait du bien. J'ai mis ma jupe la plus courte. Je suis grande et mes jambes sont belles. Tu me l'as dit. Alors je les montre. Mon haut n'est pas décolleté. Équilibrer le dévoilement. Ne pas trop montrer. Je sais faire. Je connais mes gammes. J'ai passé trois heures à me préparer. J'ai reçu ton texto, ton feu vert, et j'ai immédiatement quitté mon travail pour courir chez moi. Bain, pour avoir la peau souple et sentir bon de partout, crème pour le corps étalée méticuleusement pour qu'elle pénètre bien et ne poisse pas sous tes doigts, soin des pieds, si jamais, une fois, je me souviens, les pieds ont joué un rôle non négligeable dans…

Shampoing, séchage, brushing. Masque de beauté sur le visage, pose d'une heure. Pendant ce temps, choix de la tenue, essayage. Nouveaux dessous, achetés en prévision et mis de côté, collant neuf. Maquillage, coiffage, vernis à ongles. Attente de statue. Tout est parfait. Que rien ne bouge. Jusqu'à ce que je te retrouve.

Je picore ma salade. Une feuille de laitue. Une tomate. Je n'ai pas faim. J'ai hâte d'être dans tes bras. Je laisse de côté ce qui pourrait me donner mauvaise haleine. L'œuf dur, les morceaux de fromage, les lardons tapissent le bord de mon assiette.

Tu ne remarques rien. Tu as replongé le nez dans ton portable. Autrefois tu cherchais des excuses : « Une affaire urgente, je dois rester joignable », « On est sur un gros dossier en ce moment, je ne peux pas me permettre de ne pas répondre ». Je me demandais quelle était la taille de bonnet du gros dossier, mais j'aurais dû apprécier les égards que tu avais encore. Ce soir, tu es ailleurs sans vergogne. Puis tu reviens à moi, toute l'histoire de notre relation est là :

— Tu prendras un dessert, ma chérie ?

J'ai à peine touché à mon plat, pourquoi prendrais-je un dessert ? Fais-tu seulement un peu attention à moi, hors de tes galanteries d'usage et autres gestes convenus ? Sais-tu seulement qui je suis ?

« Tu prendras un dessert, ma chérie ? »

Chez les autres, je trouve cela ridicule voire odieux. Accoler les remarques les plus triviales à des mots doux me révolte. Les « passe-moi le sel, mon cœur » et autres « descends la poubelle, mon trésor » me donnent la nausée, quand ils ne me font pas éclater de rire. Mais avec toi, je ne sais pas pourquoi, ça passe. Je n'entends que le « ma chérie », que tu isoles du reste de la phrase. Tu l'as dit !

Tu le dis ! Et ces mots sont pour moi. À cet instant-là. Qu'importe tout le reste, ce que je sais, ce que tu fais par ailleurs, ce que tu projettes avec des femmes qui passent de l'autre côté de la vitre ou qui apparaissent sur l'écran de ton portable, ici et maintenant, ces mots sont là et ils comptent.

Tu répètes gentiment la question. Ta légendaire courtoisie pleine de néant.

— Tu prendras un dessert, ma chérie ?

Qui pourrait croire, en entendant cela, que tu as aussi des colères froides, des silences réprobateurs, des présences pesantes et des remarques hostiles, avant de longs ostracismes cruels, que je finis par briser d'un petit message désinvolte. « Ça va toi ? », parce que moi je ne dors plus, tu me manques, je suis déchirée, la vie n'a plus d'intérêt, je n'envisage plus le futur, le présent est insupportable.

« Un dessert, ma chérie. » Ce soir, tu es sucre, et miel, et crème, et je prends. Tout plutôt que ton indifférence.

J'en ai parlé à la psy l'autre jour. De ton indifférence.

— Pourquoi dites-vous qu'il est indifférent ? Comment cela se manifeste ?

— J'ai été malade.

Je n'ai pas osé dire que j'avais été enceinte. Et que j'avais décidé d'avorter. Sans oser t'en parler. Un enfant ! Comment un homme tel que toi peut accueillir un enfant dans sa vie ? Et mon corps déformé ? Tu aurais fui. Sans aucun doute. Je t'aurais perdu. J'ai préféré perdre l'enfant. Tu n'as rien vu. Je ne sais pas pourquoi, j'avais peur que ça se lise dans mes yeux, sur mon corps. Mais tu n'as rien lu. Peut-être que dans cette salle, il y a une autre femme qui est dans la même situation que moi et qui éprouve la même crainte… Ou qui fait le choix inverse…

— Et j'ai dû aller à l'hôpital. Il n'est pas venu me voir. Et je suis repartie toute seule. Il ne m'attendait pas à la sortie. J'ai pris un taxi et je suis rentrée toute seule. Il n'a pas été là pour moi quand j'étais malade.

— Et c'est ça pour vous l'amour ? Avoir quelqu'un qui est là quand vous êtes malade ?

Je n'ai pas réussi à répondre que oui. J'avais l'impression que ce n'était pas la réponse qu'elle attendait de moi, un aveu de faiblesse inavouable. Un homme est un soutien, une épaule, quelqu'un sur qui on peut compter en cas de coup dur. J'aurais voulu citer ce qu'on dit aux mariages : « dans la santé comme dans la maladie, dans la richesse comme dans la pauvreté ». Mais j'ai eu peur d'être jugée, cataloguée rétrograde, trop traditionnelle. Loin du discours féministe et émancipé qu'il faudrait tenir. Même à ma psy, je n'arrivais pas à parler. Il n'y avait plus d'issue. Si ce n'était lui faire face. Et j'en étais incapable.

Je regarde dehors à nouveau. Les gens passent, pressés. Ils ont un but, une destination. Ils savent où ils vont. Je suis à l'intérieur, enfermée, prise dans la valse des entrecôtes. Statique au milieu des plats qui circulent. Mes jambes sont bouillantes et lourdes. Je ne peux pas bouger.

Mes yeux reviennent sur toi. Mais les tiens fixent notre jeune voisine de table. Tu n'as pas dû suivre : elle est avec son père. Elle parle de son amoureux avec des trémolos dans la voix. Il n'y a pas de place pour toi dans ce dispositif. Elle en aime un autre. L'amour, tu sais, le sentiment que tu n'éprouves pas pour moi. À moins que cela ne t'excite, précisément, les obstacles, la conquête, l'adversité.

Je racle ma gorge en un bruit inélégant. Retour à la réalité, mon cher. Ta proie est là, devant toi, moins fraîche que celle de l'étal d'à côté, mais disponible, comme tu lui as demandé par texto.

— C'est bon, ma chérie ? enchaînes-tu.

Jamais pris en défaut, c'est ton axiome.

— Pardon ? je demande, surprise de tant d'aplomb.

— Ton dessert ? C'est bon, mon amour ?

— Ah oui, délicieux, merci.

Je ne me souvenais pas d'avoir pris un dessert. Tu as dû commander pour moi. Une salade de fruits évidemment. Après la salade. Du roboratif, vraiment !

Tu caresses ma main à nouveau. Tu viens de me sourire comme si c'était notre premier rendez-vous. Et effectivement, ce pourrait l'être. Nous ne thésaurisons pas. Nous n'accumulons rien. Pas d'histoire, avec un commencement, des faits marquants qui jalonnent une progression, en vue d'un futur heureux. Que des débuts. Nous relançons les dés à chaque fois. Je ne sais jamais à qui j'ai affaire.

À Charles. D'accord. Tu t'appelles Charles. J'ai regardé l'étymologie sur Internet. Ça veut dire l'homme. Tu es l'homme. Son essence. Son incarnation. Le mâle dans toute sa splendeur. Charlemagne. Charles de Gaulle. Charles de Foucault. De grandes figures.

Rien à voir avec mon petit prénom banal et court que tu juges vulgaire : Zoé.

Je repense à cette femme qui s'est levée en début de repas. A pris son sac, a regardé son homme, et l'a quitté. Je reste assise. Je ne sais même pas qui je quitterais.

8

Cacahuètes salées

— Je n'aime pas ce genre de gars-là, à la 4, déclare-t-elle en picorant trois cacahuètes.

Il y a un grand saladier à côté du pain. Avec une petite pelle dedans pour remplir des ramequins. Mais elle picore directement avec les mains. Il n'aime pas trop ça. Ce n'est pas très hygiénique. S'ils ont un contrôle sanitaire, c'est sûr que cela leur sera notifié. Il lui a fait remarquer une fois, en lui tendant la petite pelle avec un immense sourire. Elle a haussé les épaules et continué de se servir directement dans le saladier. Elle est têtue.

Elle ne mange pas beaucoup d'ailleurs. Il l'a remarqué. À 18 h 30, avant le service, quand Ali leur prépare des assiettes avec le plat du jour, elle n'y touche pratiquement pas. Elle picore, oui, c'est cela, un haricot par-ci, une pomme de terre par-là, mais rien de plus. Et les filles qui ne mangent pas, ce n'est jamais bon signe…

— Qu'est-ce qu'il a ?

— Il est trop bien élevé. Il dit trop de mots doux. C'est louche !

Elle reprend une poignée de cacahuètes directement dans le saladier. S'ils devaient vivre ensemble un jour, il y aurait des frictions entre eux. Il est certain qu'elle laisserait tout traîner, il n'y a qu'à voir où elle met son manteau en arrivant, ben n'importe où, tantôt sur les caisses de consigne vides, tantôt sur un tabouret, ou des conserves, ou des cagettes, mais jamais à sa place, sur la patère derrière la porte. Ce n'est pourtant pas si compliqué. Quand elle grignote un morceau de pain, elle laisse des miettes sur le bar, il doit passer le chiffon derrière elle. Non, la vie commune serait problématique. Pourtant, il aimerait bien…

— Un mec qui dit des mots doux, c'est louche ? reprend-il en ravalant sa salive.

— Exactement.

Il se le tient pour dit. Ne pas se lancer dans des déclarations d'amour. Ne pas s'égarer dans de la tendresse, des petits surnoms, des petits chats ou des *darling* qui échappent. Contrôler ce qu'on dit. Comme contrôler ce qu'on mange.

— Quand on aime, on n'a pas besoin de le dire ainsi, si souvent, et pour que tout le monde l'entende ! C'est louche, je te dis !

Elle repart, avec trois autres petites cacahuètes qu'elle lance en l'air, direction son gosier. Elle est assez douée. C'est peut-être ça qu'il aurait dû apprendre, plutôt qu'un tour de magie : un numéro de cirque. Jongler avec des bouteilles, tiens ! C'est une idée ! Il va s'entraîner dans la réserve. Il frotte ses mains sur un torchon.

Elle a raison sur le Bordelais : c'est un dragueur. Mais il note qu'elle n'est pas physionomiste. Il est déjà venu plusieurs fois, avec des filles différentes, et elle ne l'a pas reconnu. Elle est un peu tête en l'air, il faut dire. Ça lui plaît. Bon, en fait, qu'est-ce qui ne lui plaît pas chez elle ? Au début, elle oubliait tout. Entre le moment où elle prenait la commande et celui où elle devait la taper sur l'écran qui transmet l'info en cuisine, elle ne savait plus. Elle devait retourner demander au client. Il lui a conseillé de noter sur un carnet. Elle s'est énervée. Puis elle a pris un carnet. Puis elle n'en a plus eu besoin. Mais parfois, ça lui revient, ces moments d'absence. Elle tape un tartare alors que c'est un magret. Ou elle sert le magret à la table du tartare. Ou elle oublie de servir. Mais son grand sourire la sauve toujours. Ah oui ça, son sourire, c'est quelque chose ! Un sourire qui découvre toutes les dents. Une illumination. On lui pardonne tout. On mange son tartare à la place de son magret. On a faim, mais la corbeille de pain a fait l'affaire. Non, non, ne vous inquiétez pas, mademoiselle, il n'y a pas de problème, tout va bien. Son sourire la sauve de tout.

Elle est belle. Qu'est-ce qu'elle est belle ! Avec un jean et un simple T-shirt ! Elle a plus de charme que la nana parfaite du Bordelais. Il ramène toujours des filles lookées, avec les bonnes fringues, les bonnes coiffures, le bon maquillage, celui-là. Cyril n'a jamais vu une baba-cool, ou une garçonne, ou une bohème avec lui. Elles obéissent toutes aux mêmes standards. Et elles ont toutes les ongles peints. Il ne sait pas pourquoi, mais il l'a remarqué. C'est même la première chose qu'il fait quand elles s'installent : il regarde leurs mains. Et à chaque fois il gagne : elles mettent toutes du vernis. Ce sont des filles soignées jusqu'au bout des ongles. Qui prennent le temps de peindre leurs extrémités, après le maquillage, l'épilation, les essayages. Elles vont jusqu'à ce degré de détail, jusqu'à ces finitions. Cela l'épate et le terrifie à la fois.

Marion ne met pas de vernis. Ça ne tiendrait pas un soir au restaurant : les assiettes qu'elle attrape, les baguettes qu'elle découpe, les commandes qu'elle tape, les écailles sur les ongles auraient dix occasions de sauter en à peine quelques minutes.

Sa Marion est simple et belle. « Sa Marion », comme il y va ! Il a chaud. L'atmosphère est électrique. C'est l'heure la plus dense. Une intensité de sons, de nourriture, d'alcool et d'événements. Une autre bière ! Remède houblon ! Le verre se remplit à nouveau sous la pompe. Il le descend d'un trait. Ah ! peut-être ne pas trop boire non plus. Il risquerait de dire n'importe quoi ou d'agir n'importe comment.

Car il est perdu. Il ne sait pas faire avec elle. Il est trop impressionné. Il a peur de la perdre alors qu'il ne l'a pas encore ! Quel idiot il fait ! Il s'en veut, il s'énerve, il va casser quelque chose, il tape sur la pompe à bière, il donne un coup de pied dans les caisses de vin. Il finit par attraper son paquet de tabac sous le bar entre deux bouteilles et sort. L'air frais lui fait du bien. Rouler une cigarette le détend. Regarder les lumières des vieux lampadaires se refléter dans l'eau et danser au rythme des clapotis le libère tout à fait. Il n'est pas si mal. Les choses avancent. C'est la bonne personne. Il faut lui faire confiance et prendre son temps. Pour la première fois il a rencontré quelqu'un qu'il est heureux de retrouver tous les soirs. Quand elle arrive et qu'ils partagent le même espace, évoluent ensemble dans la salle du restaurant, dressent les tables, respirent le même air, il se sent parfaitement adéquat et rempli. Il n'a plus à paraître, à démontrer, à courir, à s'agiter, à faire semblant. Il peut se détendre, ôter son costume, se taire ou parler vraiment, poser ses valises, souffler. Il se dit même qu'il n'a vécu que pour arriver à ce moment-là de sa vie. La découvrir, elle.

Il inhale une nouvelle taffe. Et rejette la fumée par le nez, comme les taureaux furieux dans les dessins animés, car il a envie de se faire rire lui-même, de se moquer de ses propres excès. Le tabac le rend définitivement lyrique. Il jette son mégot au sol et l'écrase avec le pied. Allez, il y retourne. C'est bien, mon gars, tu es sur la bonne voie, s'encourage-t-il.

Il entre dans le restaurant, écarte les deux pans de rideaux rouges et gagne son bar en souriant. Elle le rejoint en quatrième vitesse. Garder son calme, encaisser son stress, la faire redescendre.

— Je crois que je fais une fixette sur le type de la 4, dit-elle précipitamment. Vraiment, il y a quelque chose qui me défrise chez lui, mais je n'arrive pas à mettre des mots dessus.

— T'es pas frisée ! répond-il avec ce même sourire qui n'a pas quitté ses lèvres.

Il regrette aussitôt ce trait d'humour. Enfin d'humour, ce n'est même pas drôle. Il regrette ce trait tout court. Elle est d'ailleurs accablée. Il se réfugie derrière son comptoir, dans sa petite cabane, son espace protégé. Le regard qu'elle lui jette alors ne le trompe pas.

— T'es drôle quand tu t'y mets, vraiment ! Waouh !

Elle est prête à repartir en salle. Il interrompt ce mouvement d'un :

— Il te défrise parce que peut-être que tu le reconnais.

— Comment ça ?

— Il vient souvent ici. Mais jamais avec la même fille.

Elle fait brusquement volte-face. Et renverse le saladier de cacahuètes d'un coup d'épaule. Rien de grave. Il est penché sur le côté, en équilibre instable, quelques cacahuètes s'en sont échappées et ont atterri sur le carrelage devant le bar, il faut juste les ramasser et les jeter. Il sort de son refuge et vient l'aider. Ils se penchent vers le sol en même temps.

— Oh, mais t'as raison ! T'as carrément raison ! C'est lui ! Je le reconnais ! dit-elle en descendant en plongée.

Ils sont là, tous les deux, accroupis, et ils partagent un secret. C'est peut-être le meilleur moment de la soirée. Dans le désordre des arachides éparpillées, à quelques centimètres du sol, inconfortablement disposés, les genoux à hauteur d'oreilles. Ils remontent à la surface lentement. Et se retrouvent à hauteur de monde, dans le monde, même.

— Vous ramassiez des cacahuètes ? leur demande le vieil homme solitaire de la 9.

— Oui, voilà, comme des champignons, lui répond Cyril. Mais en plus dur et plus salé.

L'homme rit.

— Avec Jeanne, nous adorions aller à la cueillette aux champignons. Les cèpes surtout. Nous nous faisions des omelettes après, à en tutoyer le grand Patron. Et même parfois, une simple poêlée, comme ça, avec un peu d'ail et du persil. C'était délicieux ! Et quand il y en avait vraiment beaucoup, Jeanne faisait des bocaux et nous en ouvrions un de temps en temps, le dimanche soir… Elle aimait bien les trompettes-de-la-mort aussi, Jeanne. Et les pieds-de-mouton… Oui, c'est vrai ça, les pieds-de-mouton.

Cet homme a envie de parler. Il n'y a pas longtemps qu'il est seul. Il a du mal à s'y faire. Elle ne l'écoute pas vraiment. Elle fixe le Bordelais.

— Regarde, elle va aux toilettes, la fille. Tiens, ça tombe bien, j'ai super envie !

— Marion, non ! Qu'est-ce que tu… ?

Mais trop tard, elle est déjà partie.

9

Tartare de bœuf

Elle déplie sa serviette d'un geste sec comme on défroisse un torchon et l'étale sur ses genoux telle une petite couverture. Il a toujours été fasciné par les gestes brutaux qu'elle peut soudainement avoir, elle, sa femme, si attentive à la discrétion, l'éducation, les bonnes manières. Elle saisit ses couverts et attaque sa cuisse de poulet. Son contentement, celui d'une mère de famille en congé, dispensée de la corvée journalière du dîner familial, est visible.

— J'aime cet endroit, déclare-t-elle.

C'est une phrase de *César et Rosalie*, ce film de Claude Sautet qu'il aime tant. Du temps où on fumait à table, où les enfants couraient dans tous les sens pendant les repas, où le verre de rouge accompagnait le petit déjeuner. Romy Schneider le déclare à Yves Montand, le chignon altier, le sourire aux lèvres, les yeux brillants. Il fut un temps, lointain, où sa femme lui faisait penser à Romy Schneider. Quelque chose dans la douceur du regard. Où s'en est allée cette douceur d'ailleurs ?

Ses yeux n'ont en effet plus rien de tendre. Ses yeux dans lesquels il trouvait autrefois l'absolu, la certitude que tout irait bien, qu'elle le soutiendrait toujours, ces yeux qu'il faut chercher aujourd'hui derrière des paupières tombantes au fond d'orbites émaillées de rides. Ces yeux qui ne rient plus. Qui se sont voilés. Cataracte des couples usés.

Quant à sa taille de jeune fille, ce n'est plus qu'un lointain souvenir. Ce qui n'est pas forcément pour lui déplaire, attention. Ce corps avait grossi. Un peu chaque jour, certainement. Cela est apparu d'un coup à son regard. Un matin, comme ça, il y a trois ans, il s'en souvient très bien, en la regardant de dos, lui sur le lit, elle se maquillant devant le lavabo. Des fesses plus molles. Des hanches plus larges. Une absence de taille. Des épaules plus rondes. Des bras plus lourds. On dit que l'amour profite. Elle profitait, cela lui convenait. Il n'est pas de ces hommes qui préfèrent la chair fraîche, valorisent la jeunesse et la sveltesse. Comme son voisin de la table d'à côté avec une jeunette qui pourrait être sa fille. Cela lui irait très bien ces kilos surnuméraires, s'ils n'étaient constitués d'amertume, de rancœur, de renoncement. Ils témoignent de l'installation de leur couple, de son immobilisme, de son empâtement, voire de sa mort.

Il se souvient, aux premiers temps de leur mariage, il était accueilli par des sourires, des baisers, des petits plats, de la joie. Il était attendu. Il parlait de ses patients, livrait quelques anecdotes. Elle l'écoutait attentivement, retenait les noms et les histoires. Ils mangeaient, peu, et ils montaient dans la chambre, et ils faisaient l'amour. Tous les jours. Comme ce couple là-bas de l'autre côté, qu'il a détaillé en entrant dans le restaurant. Il la dévorait des yeux, ce jeune homme roux, et ce regard était si insistant et à la fois si perdu… Et elle devait sentir le poids de ce désir sur elle. Elle en tremblait d'appréhension. Il saisit vite les liens qui unissent les gens, les passions qui les dévorent, les cœurs qui battent la chamade, les joues qui se colorent, la dopamine que le cerveau sécrète, les mains qui deviennent moites, en bref, l'amour et ses symptômes. Il est médecin, il a le regard sûr et rapide, il diagnostique à longueur de journée.

Ils ont été ces jeunes gens-là, il s'en souvient, même si à l'époque, il ne pouvait pas l'emmener au restaurant, il n'avait pas assez de sous. Il se tourne sur sa chaise et regarde à nouveau le jeune couple avec nostalgie et envie. Oui, ils furent ainsi, balbutiants et amoureux. Rien à voir avec cet autre couple, là-bas, près de la vitre, deux tables plus loin, ce séducteur sûr de lui qui mène la danse. Sa proie parfaite, soumise, guettant ses réactions, cherchant à lui plaire à tout prix au point de s'oublier elle-même dans la projection du désir de l'autre. Eux, ils étaient sur un pied d'égalité : elle le subjuguait par sa joie, sa vivacité, son intelligence, sa culture, il l'impressionnait par son calme, son sérieux, ses études de médecine.

Il ne sait pas ce qui s'est passé… Les sourires se sont éteints, ses retards ont fait l'objet de remarques, les repas sont venus du traiteur, elle ne s'est plus levée de son fauteuil quand il apparaissait, ses anecdotes ne l'ont plus intéressée, elle n'a plus mémorisé ni les noms des patients ni leurs maladies. Il a fallu boire pour le sexe. Et aujourd'hui, même en buvant…

Ils s'attendaient, se désiraient, se dévoraient. Ils faisaient l'amour comme s'ils n'en avaient jamais assez. Ils rattrapaient des années de disette. À l'époque, il fallait se réserver pour le mariage. Alors, puisqu'ils avaient bien obéi, ils allaient chercher leur récompense, avidement et sans culpabilité. Ils se jetaient l'un sur l'autre n'importe quand, dès qu'ils le pouvaient, suants, transpirants, désirants. Oui, il sait, c'est difficile à imaginer quand on les voit aujourd'hui assis à cette table, établis, bourgeois, empâtés.

L'amour charnel est désormais une rareté. Il lie deux corps lavés, savonnés. Embaumés. Des corps qui sentent la mort.

Il la regarde. Une bouchée descend dans son gosier. Il peut quasiment en suivre le parcours en temps réel. Ses lèvres luisent de jus de volaille. Son sourire dit le contentement.

— Cette purée de pommes de terre est délicieuse, déclare-t-elle, ravie.

Nouvelle fournée. Plus vite engloutie. La purée, il n'y a pas à mastiquer. Sa glotte fait l'ascenseur. Nouveau transport de nourriture dans un cou tendu.

— Et ce vin est succulent.

Elle boit de plus en plus. Le soir, quand il rentre du cabinet, il n'est pas rare qu'il la trouve dans le canapé, avachie devant une série, avec un petit porto et des pistaches. Le bruit de ses ongles ouvrant les coquilles le hérisse. Comme si elle grattait un tableau noir.

Son verre, qu'elle vient de reposer, porte la marque de ce rouge à lèvres trop foncé qui la fait ressembler à un vieux travesti. Pardon, ce n'est pas très charitable. Il vieillit aussi. Mais cette cosmétique mêlée au jus de viande lui coupe presque l'appétit.

— Même le pain est bon ici.

Elle enfile des perles. Qu'elle a autour du cou, d'ailleurs. Il n'aime pas ce collier. Trop sage. Trop vu. Son cadeau pour leur premier enfant. Le bracelet pour le deuxième. Les boucles d'oreilles pour le troisième. Elle les porte tous. Une généalogie à elle seule. Et une vitrine de bijouterie. Un sapin de Noël. Il avoue qu'il manque d'imagination. Mais s'il en faisait preuve, tentant un pendentif ethnique ou de la lingerie fine, il provoquerait cet air outré qu'il connaît si bien. Cette désapprobation qui se matérialise dans les deux sillons nasogéniens qui font davantage tomber sa bouche en un sourire inversé. Alors il ne tente rien. Il est paralysé. Il s'en tient à l'attendu, au formel, au socialement admis.

Il la regarde encore. Il ne sait pas ce qu'il éprouve pour elle. La passion est lointaine. Mais rien que de très normal. Elle serait invivable à long terme. L'amour. La tendresse. Oui, elle le submerge parfois, par bouffées, toujours avec une pointe de nostalgie. Elle surgit encore à de rares moments, le plus souvent quand une association se produit par hasard, une anecdote d'un patient qui raconte ses travaux dans sa nouvelle maison et les voilà retapant leur appartement parisien, elle, ronde en salopette et foulard, lui, perché sur un escabeau à repeindre un plafond en bleu. Mais ce soir, aucun élan ne l'emporte, il est dans le constat implacable de sentiments disparus.

Il a fait comme beaucoup d'hommes, il s'est réfugié dans le travail. Il n'en est pas particulièrement fier. C'est la solution qu'il a trouvée et que tant d'autres avaient expérimentée avant lui. Pour ne pas détruire sa famille. Il sait trop les dégâts que cela peut provoquer. Il est rentré de plus en plus tard. Il a pris des gardes le week-end. Il est allé à des colloques. Il a accepté d'être dérangé la nuit. Son activité professionnelle a pris la première place. Il lui a laissé le reste. Tout le reste. Le domestique, les enfants, la vie sociale, les vacances, la résidence secondaire, le cours des jours.

— Je me fais du souci pour Matthieu.

Ah tiens, quelque chose d'un peu personnel. De potentiellement intéressant. Ça change de ce bavardage incessant, musique de fond qu'il n'écoute plus, poste de radio en permanence allumé qui déverse des nouvelles d'un monde lointain et de son incessant mouvement.

— Pourquoi ? Qu'a-t-il ?

— Je ne sais pas. Il n'est pas dans son assiette, cela se voit. Il mange moins, il ne termine aucun plat ; même le gratin de coquillettes, son plat préféré depuis qu'il est tout petit, eh bien, c'est du bout des lèvres.

— Tu t'inquiètes trop, ma chérie.

— Non, mon instinct de mère me dit qu'il y a quelque chose. Et même quelque chose de grave.

Ah, l'argument de l'instinct maternel ! Imparable. Cette prescience, ce moi en toi mieux que toi-même, cette connaissance nouée in utero que le nombril ne coupe pas. Ce savoir inaccessible aux hommes, cette exclusion dès la grossesse qu'aucun soin paternel ne parviendra à rattraper.

— Il faudrait que tu ailles lui parler. À moi, il ne dit rien.

Ah, il a une certaine utilité, il faut croire, on sollicite ses services de temps en temps. Mais en vain.

— À moi non plus, avoue-t-il.

— Mais entre hommes, vous pourriez aborder certains sujets ! Je suis sûre qu'il y a une histoire de fille là-dessous.

Elle époussette son chemisier. Quelques miettes de pain se sont déposées sur le col et le haut du corsage, qu'elle balaie de sa main dont l'annulaire est partiellement couvert d'une bague de fiançailles immense qui exhibe plus le statut marital manifeste qu'elle ne témoigne de sentiments importants.

— Entre hommes, il y a certains sujets qu'on évite précisément d'aborder, répond-il en détachant ses yeux de la bague. Les femmes en font partie.

Il se verrait mal donner à son fils des conseils sur la vie de couple et le bonheur matrimonial. Quant au fonctionnement des organes, il les connaît aussi bien que lui : ses trois enfants ont fait médecine, il a su au moins leur transmettre sa passion, à eux. Il faut croire qu'il n'est pas si mauvais, finalement !

Il entend un bruit derrière lui. Il se retourne de nouveau. Une femme est debout, devant une table de l'autre côté du restaurant. Elle est jolie, pense-t-il, enfin elle est de dos, donc il ne peut pas vraiment dire. Plus fine que la sienne, ça c'est sûr. Plus floue, plus indécise aussi. Loin du bloc de certitudes, de phrases toutes faites, d'affirmations qui lui fait face. Elle porte le même imperméable que Romy Schneider dans *César et Rosalie*. Décidément. Il la fixe. Il aimerait l'aider. Peut-être même plus.

— Qu'est-ce qu'elle a, cette pauvre fille ? demande-t-elle après avoir suivi son regard. Et cesse de la fixer ainsi ! Je te préviens, pas question que ce dîner en tête à tête soit gâché par un des sauvetages dont tu as le secret ! Si on demande s'il y a un médecin dans la salle, tu ne te manifestes pas ! J'en ai plus qu'assez de ces soirées qui finissent en démonstration de ton savoir médical !

Le serment d'Hippocrate n'a aucune valeur pour elle. Si cette femme tombe, évidemment qu'il ira la secourir. C'est son travail, sa vocation, et même son engagement. Elle n'en a cure. Les patients sont seulement des occasions de retard au dîner. Des salisseurs de salle d'attente. Des réveils nocturnes. Des créateurs de rides. Des empêcheurs de réveillons. Des causeurs de soucis. Elle reconnaît du bout des lèvres qu'ils sont également des pourvoyeurs de fric. Mais avec tout ce que leur prend l'État… Elle n'a jamais compris ni accompagné son choix. Pour elle c'est une profession. Pire, un statut. Pour lui, c'est l'essentiel, la vie même.

Il se retourne et lui fait face à nouveau. S'il y a vraiment un problème avec cette femme, on viendra le chercher. Le barman sait qu'il est médecin. Il l'a interrogé un soir sur ses problèmes d'allergie aux mains. Il lui a fait changer le liquide vaisselle qu'il employait, et depuis, les dartres ont disparu. Chaque fois qu'il entre dans ce restaurant, le barman lui sourit et agite ses mains comme s'il faisait « Ainsi font, font, font, les petites marionnettes ». Cela l'amène à sourire lui aussi. Il y a des gens qui l'aiment bien, auprès desquels il se sent utile. Et puis il y a sa femme.

Il regarde son verre. Ébréché légèrement. Une petite entaille sur le bord qui peut couper une lèvre si l'on n'y prend garde. Comme son couple. Il trouve cela idiot ; d'aller chercher dans un verre une métaphore de sa vie affective. Et pourquoi pas dans cette nappe tachée, dans cette serveuse hésitante, dans ce dessert qui s'affaisse, dans ce lustre dont un globe est éteint, dans cette pièce de bœuf trop grasse ? Tout symbolise l'érosion, l'empâtement, le vieillissement. Puisque c'est la loi universelle.

— Tu n'es pas très loquace ce soir ! reprend-elle. Ne me dis pas que tu as encore un patient compliqué en tête ! Il faut que tu coupes, Julien. Vraiment, ce n'est plus possible ! Tu te fais bouffer !

Si seulement elle pouvait comprendre. Qu'on n'est pas médecin comme on est garagiste. Et encore il n'est pas certain qu'un bon garagiste ne réfléchisse pas pendant son dîner à la manière dont il pourrait réparer au mieux cette voiture qu'on vient de lui confier. Eh bien, lui, c'est cet homme qu'il doit réparer. Ce petit vieux. Auguste Werner. Il vient le voir toutes les semaines. Il décline. Il se tasse. Mais il sourit toujours. Ne râle jamais.

— C'est la vieillerie, docteur, on n'y peut rien. Ça se détraque tranquillement, une chose après l'autre. Alors, qu'est-ce que vous allez encore me trouver cette fois-ci ?

C'est dit sans fatalisme ni résignation. Comme un constat neutre, voire bienveillant, sur ce corps qui a bien rempli son office, mais qui commence à donner quelques signes de fatigue. Qui envisage la fin avec sérénité, même si on va tout droit vers le tas d'os recouvert d'un mince coussin de chair, la jeunesse muée en parchemin, des yeux qui disent adieu à leur crâne, des dents qui abandonnent leur gencive, l'assèchement de la tombe qui commence sur Terre, la momification de son vivant.

— Vous auriez dû me voir quand j'étais jeune. Tête de fer qu'on m'appelait. Au rugby, ça valsait, croyez-moi, docteur. On me craignait ! Comme on a rigolé avec les copains !

Nul regret, nulle amertume dans ces récits de jeunesse. Une gratitude tendre pour cette vie qui a tenu ses promesses.

Pourra-t-il en dire autant de la sienne ? C'est ce qu'il se demande à chaque fois qu'Auguste quitte son cabinet. Il ne le pense pas. Dans sa vie personnelle, il accumule les frustrations, il multiplie les replis, il est passé maître dans l'art de l'évitement. Son travail prend de plus en plus de place parce qu'il réduit en permanence le temps passé en famille. Il n'arrêtera jamais. Pas de retraite, surtout pas. L'idée d'un tête-à-tête permanent avec sa femme le tétanise. Il mourra en service. D'un ulcère, il le sait. Il se consume de l'intérieur. Ou d'un cancer.

Un regard circulaire étend les diagnostics qu'il a déjà commencé à faire. Il faut qu'il dise au barman d'arrêter de boire. Même des bières. Il en tire plusieurs dans la soirée, qu'il descend régulièrement. Ce n'est pas bon pour lui. Il l'aime bien, il ne doit pas le laisser plonger. Mais après tout, si ça l'aide à trouver le courage de conclure avec cette petite serveuse… Elle est bien nerveuse, cette jeune fille, d'ailleurs. Il parierait sur des problèmes de thyroïde. Ou un trauma assez récent. Elle sursaute souvent, dès que la porte s'ouvre, qu'une chaise est tirée, que quelqu'un élève la voix. Le barman va devoir se montrer patient et vigilant. Non, qu'il boive des bières, il ne lui dira rien. Et ce pauvre veuf, là, à la table derrière, qui parle tout seul et mange pour deux. Il faudrait vraiment qu'il vienne le voir au cabinet pour qu'il l'examine et lui fasse passer des examens. Il ne s'agirait pas qu'il suive de près sa femme dans la tombe. Il en a vu beaucoup des comme lui, qui se laissent mourir l'air de rien. Et lui, que ferait-il si elle disparaissait ? Combien de temps tiendrait-il sans elle ? Il serait soulagé, sans doute. Mais après ? Il se plaint, il aimerait autre chose, certainement, il la fuit chaque jour, la critique, la hait, mais comment vivrait-il avec son absence et quelques visites lointaines d'enfants envolés dans un appartement vide ? Elle est son mal et son remède, son repoussoir et sa raison de vivre.

— Tu vois, ce que je trouve beau entre nous, c'est que nous avons encore des choses à nous dire après toutes ces années. Regarde ceux-là près de la vitre, chacun avec son portable, c'est du joli ! Autant rester chez soi, vraiment, je ne vois pas l'intérêt !

Elle est toujours là, en face de lui, et elle s'accroche. Elle continue. Elle ne lâche pas. Alors qu'il était parti ailleurs. Il admire sa ténacité. Oui, s'il devait définir ce qui les lie, dont il cherchait la nature tout à l'heure, il dirait ceci : elle n'a jamais abandonné. Elle ne l'a jamais laissé. Elle a toujours été là. Et c'est beau, ça, quand même.

— Enfin, surtout toi, ma chérie.

Il lance un petit trait d'esprit, accompagné d'un sourire, rarement apprécié.

— Quoi ! Qu'est-ce que tu veux dire ? Que je parle trop ! s'énerve-t-elle. Évidemment, par rapport à toi, n'importe qui passe pour bavard !

Le manque d'humour. Voilà ce qui lui pèse le plus. Il peut s'asseoir sur l'embourgeoisement, l'embonpoint, la bêtise même parfois. Mais l'absence de second degré, c'est infernal. Aucun recul, elle prend tout comme ça vient ! À cœur. Il ne se souvient pas de la dernière fois qu'ils ont ri ensemble. Il se marre plus avec ses patients, même ceux qui se consument d'une façon affreuse et irréversible, qu'avec sa propre femme qui pète la santé.

— Non, mais regarde cet autre couple là-bas, pas un mot depuis le début de la soirée ! C'est d'une tristesse !

Elle ne s'arrête jamais. Et il faut bien la suivre, sinon il n'y aurait plus rien entre eux. Elle désigne du menton le petit couple qui l'a tant ému tout à l'heure, le roux hésitant et la blonde, en plein nystagmus, yeux qui roulent cherchant des réponses dans l'environnement et l'agitation de ses propres pensées. Il lui sourit. Elle va s'en sortir. Regarde plutôt ce garçon et fais-lui confiance. Tout va bien se passer. Les commencements sont des promesses. Ce n'est qu'après que les choses se gâtent, tu peux me croire.

— Enfin, Julien, un peu de discrétion tout de même ! On n'est pas au cirque ! Arrête de la fixer de la sorte !

Ça aussi il n'en peut plus. Cette façon qu'elle a de toujours lui rappeler qu'il ne fait pas comme il faut. Et pour cette femme qu'il a sauvée l'autre jour, il n'a pas fait ce qu'il fallait non plus ? Personne n'avait vu la tumeur grosse comme une pointe d'aiguille sur le scan ! Lui, si ! On l'a félicité ! La malheureuse doit la vie à ce moment de perspicacité. Chez lui il n'est qu'un perdant, un humilié. Elle ignore tout de ses exploits quotidiens. Elle n'a de cesse de le rabaisser, de pointer ses manquements, de remettre en cause ses actes et ses dires. Elle est toujours en travers de sa route. Dont il ignore en plus si elle le conduit quelque part.

Il envie cet homme seul derrière lui, ce veuf qui doit venir le voir. Pas de mots à trouver. Pas de conversation à entretenir sous peine de passer pour un asociable. « Julien est un ours » est une phrase qu'elle répète d'ailleurs à l'envi. Elle ajoute en général que si elle n'était pas là, il vivrait dans sa grotte, ne verrait personne, passerait ses journées à lire, se nourrirait de conserves, quêtant l'acquiescement de ses copines qui subissent le même sort avec leur mari taiseux et bonnet de nuit. Lui ne voit pas vraiment ce qu'il y aurait de mal à cela. Silence, lecture, conserves, cela lui irait parfaitement.

L'homme seul a pris une entrecôte. Deux même. C'est ce qu'il voulait, mais il n'a pas osé. Elle lui aurait jeté ce regard réprobateur qu'il connaît bien. Trop lourd comme repas du soir, mon chéri, tu ne vas pas digérer, tu vas te lever dix fois cette nuit, mal dormir, m'empêcher de dormir en plus, et tout le monde sera fatigué demain par ta faute. Et ton cholestérol, tu dois faire attention ! C'est elle qui a fait médecine ou quoi ? C'est toujours au nom de son bien-être qu'elle le prive. Pareil pour le vin. Une bouteille, quand même, ce n'est pas le bout du monde. Ils ont tous une bouteille entière sur leur table. Même l'homme seul ! Eh bien non, les seuls à avoir pris un mesquin pichet de 50, c'est eux. Il en a assez de cette demi-mesure, de cette demi-vie !

Il ne mange plus, il ne boit plus, il ne baise plus, qu'est-ce qu'il lui reste ! Il sait que la vie est courte, fragile, que les corps vaillants peuvent du jour au lendemain se transformer en bouillons de culture à saloperies qui se métastasent, gangrènent, prolifèrent. Alors se payer un bon gueuleton de temps en temps avec une bonne bouteille, c'est vraiment trop demander ?

La serveuse nerveuse dépose enfin devant lui avec précaution le steak tartare-salade que sa femme lui a tacitement autorisé. Elle lui sourit. Il oublie immédiatement la longue attente de son plat.

— Bonne dégustation !

Il déteste cette phrase ! D'abord on ne dit pas « Bon appétit » ou pire « Bonne dégustation » en début de repas, c'est dans tous les guides de savoir-vivre. C'est comme dire « Bon caca » à quelqu'un qui va aux toilettes ! Cela ne se fait pas ! Tiens, d'ailleurs, sa femme ne dit rien, elle qui est si à cheval sur l'étiquette d'habitude ! Comme quoi, si besoin était encore de le prouver, elle n'aime que l'emmerder lui !

Mais il y a en plus dans le mot « dégustation » quelque chose de petit. On ne mange pas, on se nourrit encore moins, non, on déguste, on dépose délicatement du bout de sa fourchette une petite bouchée d'une petite quantité de nourriture dans une petite bouche en cul-de-poule. Ça manque cruellement d'ambition la dégustation, de fureur de vivre, d'appétit précisément !

Il a une soudaine envie de bâfrer !

— Mademoiselle, s'il vous plaît !

— Oui, monsieur ?

— Je vais finalement prendre l'entrecôte-frites.

— À la place du tartare ?

— Non, en plus.

— Il plaisante, mademoiselle, intervient sa femme. Hein, Julien, tu plaisantes, n'est-ce pas, chéri ?

— Absolument pas. Une entrecôte à suivre, mademoiselle, s'il vous plaît ! confirme-t-il.

— Mais enfin, Julien, ce n'est pas raisonnable…

— En effet, je n'ai pas envie d'être raisonnable ce soir.

— La cuisson de l'entrecôte, monsieur ? demande la serveuse qui a choisi son camp.

— Saignante, je vous prie.

— Très bien, monsieur.

Il s'enfonce dans sa chaise capitonnée et cale son dos contre le dossier. Puis il se tourne, regarde la serveuse s'éloigner avec sa nouvelle commande et sourit à son voisin qui lui rend la politesse. Ce soir, il ne dégustera pas, il mangera avec appétit !

10

Soufflé au fromage

— Qu'est-ce que tu lui as dit à la fille ? demande-t-il à Marion quand elle revient des toilettes.

— Elle a un nom, la fille, répond sèchement Marion. Même s'il les enchaîne comme des numéros, elle a un nom. Elle s'appelle Zoé.

— OK, OK, qu'as-tu dit à Zoé ? reprend Cyril.

— Rien. Tout. La vérité.

— Quelle vérité ?

— Ah ! parce qu'il y en a plusieurs ?

Elle est énervée. Ça se voit. Elle rassemble rageusement les verres à vin sales sur le bar qui s'entrechoquent et tintent de façon discordante.

— C'est bien un truc de mecs, ça, la vérité à géométrie variable ! marmonne-t-elle. Une vérité le matin, une autre le soir. Une vérité pour quelqu'un, une autre pour un autre. Une vérité de l'hiver, une vérité de l'été…

Et là, il ne sait pas pourquoi, ça part. Toutes les précautions, douceurs, censures dont il a fait preuve jusqu'à ce jour sautent comme un bouchon de champagne. Il ne peut pas tout laisser dire.

— C'est bon, là ? T'as fini ? Tu serais gentille d'arrêter avec tes grandes généralités sur les mecs, OK ! Moi je ne te parle pas des filles en général pour décrire tes réactions, par exemple !

Lui aussi sait être énervé parfois. Il prend beaucoup sur lui, mais il peut sortir de ses gonds. Il faut vraiment le pousser, mais ça arrive. Et là, elle l'a poussé. Elle s'en rend compte. Elle est confuse, interdite. Elle regarde ses pieds comme une gamine. Et même elle dit : « Excuse-moi. » Tout bas, certes, mais elle le dit.

— Bon, on ne va pas en faire un fromage non plus, se reprend-il, surpris d'avoir provoqué cette contrition. Du coup, tu lui as dit quoi exactement à Zoé ?

— Qu'il venait souvent ici avec des tas d'autres filles.

Elle l'avoue dans un murmure.

Ils regardent tous les deux vers la table du Bordelais. Il pianote tranquillement sur son portable. Il n'a pas l'air inquiet pour un sou. Peut-être même qu'il est en train de prendre un nouveau rencard.

— Et maintenant il se passe quoi ? Et elle est où, Zoé ?

— Elle est restée aux toilettes. Elle ne veut pas sortir.

Marion ne relève pas tout à fait la tête. Elle est encore en négociation avec ses chaussures.

— Quoi ? demande Cyril.

Il l'entend mal.

— Elle se sent humiliée, salie. Elle pleure tout ce qu'elle peut. Même si elle s'en doutait un peu, enfin même si elle le savait, en fait, ça lui fait mal quand même. Elle refuse qu'il la voie dans cet état, précise Marion.

Ce restaurant est bien mieux qu'un théâtre, se dit-il. Chaque soir, ils interprètent un vaudeville différent. Là, c'est avec une fille cachée dans les toilettes, son amant à leur table, un homme derrière un bar qui sait tout, une serveuse qui joue les messagères alors qu'on ne lui a rien demandé, un public qui n'a pas tout suivi, un rideau rouge ouvert sur cette scène cocasse, et un dénouement à improviser.

— Bon, ben, faut la faire sortir de là, la cocotte ! On ne va pas la laisser se changer en flaque d'eau dans les toilettes ! dit Cyril avec tendresse et un peu d'humour.

Marion se détend. Elle n'a pas commis l'irréparable. Ils ne sont pas fâchés.

— Bon, résumé de la situation : une femme enfermée, qui ne veut pas recroiser un sale gars, et qu'il faut exfiltrer discrètement. Écoute, quelqu'un doit occuper le mec, lui parler, faire diversion, tandis que la fille s'échappe par l'arrière. Elle remonte des toilettes, elle se faufile derrière mon bar, elle passe en cuisine, et elle file par la cour. Il y a juste un moment délicat, c'est au sommet des escaliers, dans la salle, les deux mètres avant le comptoir. Il ne faut pas qu'il l'aperçoive pendant ces cinq secondes-là. Tu préfères faire la causette ou accompagner Zoé ?

— Je ne parle pas aux salauds !

Elle remonte dans les tours. C'est fou quand même ! Elle ne sait pas rester sereine !

— Je vois ! C'est donc bibi qui s'y colle ! Eh bien, c'est parti alors ! dit-il gaiement.

Elle le regarde avec reconnaissance. Il marque des points. Mais cela ne rend pas la tâche plus aisée. Il doit sortir de son antre, se mettre en danger. Derrière son bastion, il est le roi, le maître. Là, il marche à découvert. Lui non plus n'aime pas les salauds. Mais il va devoir faire avec. Il s'approche du gars. Il a laissé son torchon sur le bar. Il fait le mec cool. Il va jouer la carte de la connivence masculine. Cyril dans le rôle du barman tombeur. Il sent dans son dos le regard de Marion qui couvre ses épaules comme un manteau. Il modifie sa démarche. Plus chaloupée. Plus nonchalante. Puis il se reprend. Il doit être ridicule.

Les yeux derrière lui le lui chuchotent sans qu'il ait besoin de se retourner.

— Alors, ça va, mec ? lance-t-il au Bordelais. Ça se passe bien ?

Le type se retourne et le regarde. Il ne se souvient pas qu'ils sont amis et que ce ton décontracté est de mise entre eux. Ils ont déjà eu une conversation un peu longue ? Cyril se rend compte qu'il en cherche une trace dans sa mémoire et que rien ne remonte. Normal, il n'y a rien à faire émerger. Le type s'en tient donc à un banal et mimétique :

— Oui, mec, et toi ?

— Ça t'a plu ? C'était bon ?

— Super ! Ben, le magret, il est toujours bon ici. Une valeur sûre !

— Oui, ça te rappelle la maison, hein !

Et Cyril lui tape sur l'épaule. Le type a un petit sursaut. Cette familiarité le gêne. Ce n'est pas le genre à se laisser toucher si facilement. Cyril va un peu trop loin dans son rôle, là…

— Ben tu sais ça comment ? demande le gars, suspicieux.

Son visage s'est complètement fermé. Il n'aime pas qu'on le perce à jour. Il apprécie peu qu'on troue son armure de Parisien parfait.

— Oh, je suis physionomiste, mec, à force ! Je pourrais bosser dans une boîte de nuit, moi, à l'entrée ! Je passe mes journées à m'emmerder derrière mon bar et à regarder les gens, donc j'ai du temps pour me faire ma petite idée sur eux, hein ! Et toi tu commandes toujours du bordeaux et du magret, donc je me suis dit que tu devais être du coin ! Non ? J'ai pas raison ?

Cyril joue les imbéciles. La seule façon pour que ce con retrouve de sa superbe c'est qu'il se sente supérieur et donc que lui, Cyril, passe pour un naze. Il se rabaisse à dessein. Et cela fonctionne. Le sourire antipathique du gars revient. Ah oui, il a affaire à un pauvre barman pas bien malin, c'est tout.

— Oui, effectivement, je viens de Bordeaux ! Enfin, c'est du passé maintenant ! On peut dire aujourd'hui que je suis plus parisien que les vrais Parisiens ! Je connais cette ville par cœur !

C'est à ce moment que, mû par un élan incontrôlé et une curiosité malsaine, Cyril lance :

— La ville et ses habitantes, hein !

Il appuie sa déclaration d'un clin d'œil évocateur du plus bel effet. Le lourd dans toute sa puissance et son impunité. Le dragueur de bas-fond. Qui recherche l'approbation de son semblable. Le Bordelais lui jette un regard ennuyé : c'est un peu trop direct, comme approche. Mais il ne résiste pas au plaisir d'étaler sa puissance, sa séduction, son tableau de chasse.

— Effectivement, on ne peut rien te cacher à toi ! J'avoue, je maîtrise pas mal le sujet et j'ai un certain succès auprès de pas mal d'entre elles. Et on pourrait même dire un succès certain.

Et il part d'un bon rire triomphant. Il n'y a plus de snobisme parisien, de précaution ni de maintien. Il y a juste un type content de lui et de son pouvoir sur les femmes. Qui se comptent en wagons. Voilà. Il l'admet sans vergogne. Il le revendique même. Il s'en vante. De quoi faudrait-il avoir honte au juste ? Cyril pense à Zoé qui pleure dans les toilettes. Imperceptiblement, il se tend.

Soudain, une main vient délicatement se poser sur son épaule. Il sursaute vraiment. Cette main-là, il la reconnaît entre mille et jamais elle ne s'est attardée sur lui comme ça. La chaleur irradie dans son dos. Une chaleur froide.

En fait un frisson. Et la voix douce ne le détrompe pas sur la provenance de son émoi.

— Excuse-moi, Cyril, j'aurais besoin que tu m'aides, là…

Il sourit au Bordelais, lève les sourcils, avec l'air bravache des mâles indispensables et omnipotents : ah ! ces gonzesses qui ne savent rien faire sans nous. Faut bien qu'on s'en occupe quand même ! Les pauvres ! Puis il la suit. Il sourit vraiment.

— C'est bon, lui murmure-t-elle. Zoé est partie.

Ils ont réussi leur coup ! Il ressent encore le poids de sa main sur son épaule. Son corps en garde la trace précieuse. Il touche l'endroit sans vraiment s'en rendre compte. Un geste, enfin… Même s'il le doit au Bordelais…

11

Poule au pot

Elle feint la joie, elle mime la gaieté, elle agite son sourire, elle bouge ses grelots, collier et bracelets à perles, tel un troubadour en jupon, amuseur contraint.

Elle a longtemps réfléchi : témoigner de la réalité de sa situation, un mariage assassiné, une solitude désarmée, des rêves engloutis, par une tête d'enterrement et des reproches débordants, ou faire semblant. Elle se dit qu'il y a une forme de noblesse dans son choix, de politesse extrême, de respect ultime de la parole donnée. Mais parfois, elle pense que ce sont les arguments que sa lâcheté et son goût du confort lui fournissent : il n'y a que renoncement dans cette parodie matrimoniale. Elle est là, car elle n'a pas le courage de tirer les conclusions qui s'imposent : la séparation, le départ, la solitude. Elle ne peut se résoudre à finir comme cet homme-là, tout seul, à la table d'à côté, qui se bâfre de viande, se bourre de pain, boit plus que de raison et divague tristement en s'adressant à on ne sait qui. Non, elle ne veut pas de ce destin-là, elle refuse cette déchéance de tout son être.

Elle s'est enfoncée dans la banquette. Comme un croûton dans un potage. C'est à cause de son poids. De cette bouée qui s'est accrochée à sa taille et qui n'en part plus. Oh, c'est sûr que comparée à sa voisine toute jeune et toute mince, elle ne peut pas rivaliser ! Mais quelle indécence tout de même de la part de cet homme de sortir avec une gamine comme ça ! Il a l'âge de Julien ! Les gens n'ont plus aucune tenue de nos jours ! Elle se demande ce qu'ils peuvent trouver à se dire. Ils n'ont pas les mêmes références, ils n'ont pas grandi à la même époque, ils n'ont pas la même expérience de la vie, bref, ils ne peuvent pas se comprendre.

— Une cuisse de poulet purée maison et un steak tartare, mademoiselle, s'il vous plaît. Et un pichet de vin rouge.

Il a passé la commande sans qu'elle ait son mot à dire. Elle a l'habitude, ça ne lui fait plus rien. Elle voulait du poulet en plus, alors pourquoi se battre ?

Elle arbore ses habits de bourgeoise : tailleur marine, chemisier blanc, cardigan beige sous la veste. C'est le costume qu'on lui a distribué. Elle avait pourtant de grandes espérances. Oui, cela peut paraître curieux quand on la voit ainsi, sérieuse, grasse, emperlée, chignonnée, prisonnière de ses attributs. Elle a été jeune fille, elle a rêvé d'amour fou. Elle a adoré le sexe avec lui. Des nuits entières. Des week-ends au lit. À se découvrir, se toucher, se faire jouir, se repaître, et recommencer. Pardon, on ne parle pas de ces choses-là à table, mais elle les a tout de même vécues.

Lui aussi a changé. Il n'y a pas qu'elle qui a pris cher. Son costume, ses chemises à carreaux, son pull en V répondent parfaitement à sa tenue à elle. D'un certain point de vue, ils sont assortis. Il s'est dégarni et élargi également. À coups de steak tartare-frites. Il est médecin pourtant. Il prétend qu'il vaut mieux être un vieux bien en chair qu'un vieillard sec. On résiste mieux aux assauts du temps. Elle ne croit plus en ses diagnostics. Ils l'éblouissaient autrefois, mais trop de gens sont morts sans qu'il n'ait rien pu faire pour qu'elle prête encore foi à ses prédictions.

Quand elle l'a rencontré, il était jeune médecin. Elle le trouvait décalé, lunaire, maladroit, à l'opposé de ses collègues arrogants et sûrs d'eux. Il l'a raccompagnée dans la nuit. Il regardait ses pieds. Il n'a pas osé l'embrasser devant la porte de l'immeuble. Le lendemain elle l'a rappelé. Il a mal bouché le téléphone. Elle a entendu un petit cri de surprise et de joie.

Ils étaient semblables à ces amoureux, là-bas, sans la rousseur, évidemment. Hésitants, silencieux, émus de s'être rencontrés, bouleversés même d'avoir enfin trouvé la bonne personne. Elle se souvient qu'au temps de leurs fiançailles, ils pouvaient rester des heures à se tenir la main face à un paysage des plus quelconques.

Ils se sont mariés vite. Elle a poursuivi quelque temps ses études d'architecte. Puis les a abandonnées.

Elle a attendu, des soirs durant, le dîner prêt, la robe impeccable, le tablier ôté. Elle a frémi au bruit de la clé dans la serrure. Elle s'est levée avec empressement pour l'accueillir, s'est suspendue à son cou, l'a embrassé. Des effusions ont répondu à sa flamme, puis, petit à petit, sournoisement, des gestes distants, des migraines, des sourires apitoyés, des baisers froids. Des silences. Elle a tout mis sur le compte d'une carrière qui commençait. De nouveaux cas compliqués à résoudre. D'un cœur de médecin encore trop friable que la souffrance et la mort entamaient. Elle a écouté les comptes rendus opératoires, les traitements, les rechutes, les décès. Elle a encouragé, consolé, soutenu. Puis elle a fait face au silence. Elle est alors changée en poste de radio. C'est elle qui a pris le relais de la parole.

Elle a donné des nouvelles de ses copains étudiants, des professeurs, des amis, puis des enfants qui sont apparus dans leur vie. Elle est devenue un fond sonore agréable, une mélopée apaisante. Elle voyait bien qu'il n'écoutait pas. Mais le silence lui était plus insupportable que ce babillage chantant qu'elle déversait par courtoisie. Elle est devenue, à son corps défendant, un transistor décoré.

Elle l'est encore ce soir d'ailleurs, en dépit des conversations qui envahissent le restaurant, en forçant la voix, en faisant tourner son bouton « volume sonore ». Elle parle. Elle meuble. Les connaissances, les commerçants, Matthieu, l'aîné des trois, qui la préoccupe, mais pas tant que ça, il est comme son père, il s'en sortira toujours. Elle sort des platitudes, sur le fait que c'est si beau, après toutes ces années de mariage, d'avoir encore tant de choses à se dire. C'est faux. Ils n'ont plus rien à se dire.

Elle le regarde : qui est cet individu en face d'elle ? Où a disparu le jeune homme auquel elle tenait tant ? Qu'est devenu le frère, l'ami, le confident, l'amant ? Elle ne reconnaît plus dans ce médecin sérieux, engoncé, prévisible, routinier, l'homme pour lequel elle a tout sacrifié.

La serveuse apporte son assiette (le tartare est en retard) et lui souhaite une bonne dégustation. Cela fait plaisir. Au moins une qui est bien élevée et a le sens des convenances.

Elle regarde les autres tables. Tous ces couples en sont à différentes étapes de leurs histoires d'amour : certains se tournent autour, d'autres se rencontrent, d'autres connaissent leurs premières déconvenues, d'autres encore s'ajustent, certains se disputent. Eux, ils incarnent le stade final : le pourrissement, la déréliction. Ils se tiennent bien droits sur leur siège, dans leurs beaux habits, mais à l'intérieur, tout est moisi. Leurs sentiments sont rances. Leurs espoirs morts.

Elle fait le rapide CV de leur couple à la recherche du virage qu'elle n'a pas vu, l'erreur d'orientation, la faute qui a tout abîmé.

La nuit de noces où ils n'ont pas fait l'amour parce qu'ils étaient trop fatigués. Mais ils se sont endormis main dans la main. Elle a trouvé cela beau. Le ver était probablement déjà dans le fruit.

Ou cette phrase, un soir, après un lapin aux pruneaux qui a mijoté tout l'après-midi : « Tu vois, c'est vraiment ce que tu fais de mieux, la cuisine. Ce n'est pas la peine que tu te fatigues dans des études longues et compliquées. Je peux assurer pour deux, et puis pour plus. » Elle a trouvé cela gentil. Peut-être était-ce simplement méprisant.

La première échographie de leur premier enfant. Il n'est pas venu. Ce n'était intéressant qu'à la deuxième. Pourtant, ce moment unique entre son enfant et elle a établi une complicité, un lien fort, intérieur et charnel puis inaltérable. Et ils étaient trois dans l'histoire.

Ou ce dîner où elle l'a attendu pour lui dire qu'elle était enceinte du deuxième. Et où il est rentré, à minuit, trempé, il était resté au chevet d'un vieil homme qui était mort ; elle a pensé qu'elle avait épousé un médecin investi, un pur, un héros, mais peut-être qu'il préférait déjà la compagnie des autres, fussent-ils moribonds, à la sienne.

Ou la naissance du troisième où il est arrivé en retard. Mais avec des pivoines. Et un air si contrit qu'elle lui a tout pardonné.

Ou ce père de famille à la sortie de la maternelle qu'elle trouvait touchant, à l'écoute, beau. Ils prenaient des cafés tous les matins et ils se racontaient leur vie. Il a disparu du jour au lendemain, la laissant dans un désarroi insondable, à la mesure de l'abandon qu'elle vivait chaque jour. Julien n'a rien vu.

Ou ce retour de vacances en Bretagne où il n'est pas venu la chercher à la gare avec les trois enfants et où elle l'a trouvé devant un match de handball (« ce n'est pas si fréquent qu'ils retransmettent du handball à la télévision ») à la maison, peinard.

Tant de ratages en vérité. De désillusions.

Si bien qu'elle est incapable de dire quand exactement la machine s'est enrayée. Quand elle s'est dit précisément que la vie ne tiendrait pas ses promesses. Quand elle a cessé de l'attendre. Quand elle ne s'est plus fait une fête de son retour le soir. Quand les plats ont arrêté d'être parfaitement cuits à la minute où il franchissait la porte. Quand elle s'est mise à parler comme on vomit sans fin.

Ce n'est pas un grain de sable qui a enrayé la machine, c'est la somme de tous ces rendez-vous ratés.

Elle le regarde à nouveau. Il est là sans être là. Une présence-absence dans laquelle il est passé maître. Il écoute à peine, son degré de vigilance est minimal, mais si on l'interroge sur ce qui vient d'être dit ou si on attend de lui une réponse, il la produit, comme ces élèves capables de répéter au professeur leur dernière phrase sans ciller. Il ponctue ainsi ses monologues de « Très bien, très bien » répétés à l'envi qui ne veulent absolument pas dire qu'il est satisfait des choses. Non, c'est simplement pour rappeler sa présence et donner à croire qu'il a un avis. Alors qu'il s'en fout ! Et elle ne parle même pas des coiffures non vues, des nouvelles tenues non relevées, des parfums capiteux non sentis, des bijoux onéreux non remarqués. Elle est allée jusqu'à porter des collants filés, des strings, des hauts transparents et vaporeux, des talons vertigineux. Qui ont abouti à « Tu as troué ton collant », « Tu n'as pas froid ? » ou « Ça va, tu arrives à marcher ? ». Elle en a pleuré. Elle ne pleure plus.

Il mange. Son tartare arrive. Elle a fini son plat. Il attaque, fourchette en main, la viande de bœuf saignante. La chair crue ne le dégoûte pas, il baigne dedans, c'est son métier. Il la pique, la recoud, la malaxe. Et la mange. Prédateur. Et il la mâche longuement. Pourtant, c'est déjà mâché, de son point de vue. Mais non, il faut encore qu'il fasse de grands mouvements de maxillaire pour mettre en branle la salivation. La garantie d'une bonne digestion, c'est de mastiquer longtemps. Peut-être. Mais c'est répugnant. Ça la dégoûte. Elle se concentre sur son assiette vide.

Elle avait faim. Et pour une fois, elle n'avait pas à préparer le dîner. La cuisse de poulet et sa purée étaient délicieuses. L'assiette est toujours devant elle, encore chaude. Être servie. C'est si rare… Elle a mangé trop vite. Elle aimerait que sa bouche soit encore pleine. Elle adore la plénitude que procure la nourriture. Elle la sustente, elle la comble, elle la réconforte, elle lui tient chaud, elle ne la déçoit pas. C'est son refuge et sa consolation. Son plaisir aussi. Quand le couteau perce la résistance de la peau grillée et atteint la mollesse de la chair. C'est doux, c'est tendre, c'est agréable… C'est pour ça qu'elle grossit. Mais elle s'en moque. Il s'en moque aussi. Et ne parle toujours pas.

Son mutisme s'est étendu aux enfants. Et pourtant, et peut-être grâce à cela, il jouit d'une sympathie et d'un prestige immenses auprès d'eux. Tandis qu'elle râle pour les chambres pas rangées, qu'elle relève les ingratitudes, qu'elle peste contre les réunions de dernière minute, qu'elle critique tenues et coiffures, qu'elle exige des résultats, qu'elle interdit des sorties, qu'elle vérifie les carnets scolaires. Bref, qu'elle fait le sale boulot. Parfois même ils rient d'elle. D'une allusion qu'elle n'a pas saisie, d'une référence qu'elle n'a pas, d'une blague qu'elle n'a pas comprise. Et parfois c'est plus direct : ils se moquent de sa tenue, ils charrient ses tics de langage, ils singent ses attitudes. Leur connivence se fait sur son dos. Elle n'a pas fait d'études, elle. Leurs trois enfants ont fait médecine. Ils ne considèrent jamais que c'est grâce à elle et à ses soins diligents et invisibles. Ils l'attribuent aux gènes paternels. Elle demeure l'idiote, la reine du foyer, qu'on aime, mais qu'on n'estime pas.

Elle reprendrait bien un peu de purée maison pour faire durer ce repas le plus longtemps possible. Savourer. C'est un de ses derniers plaisirs terrestres, si ce n'est le dernier, alors que le festin soit long ! Parfois, elle avoue, elle leur fait de la Mousline. Si on met plus de flocons qu'indiqué sur le paquet, cela peut donner l'illusion d'une vraie purée faite avec de vraies pommes de terre. Enfin, ils n'y voient que du feu. Là, c'était de la vraie, qui occupait toute la bouche, qu'on pouvait garder longtemps, et qui descendait toute seule sans avoir besoin d'être mâchée. Quel contentement ! Quel lâcher-prise ! Un bonheur qui ne dépendait pas d'elle ! Qu'elle n'avait pas préparé, organisé, réalisé !

Elle a pris en charge la vie du couple, les sorties, les invitations, la vie sociale. La première année du mariage, il y a eu des restaurants nouveaux, des week-ends à la mer, des promenades nocturnes dans les rues de Paris.

Elle garde un souvenir ému de la Closerie des Lilas, d'une crêpe mangée au Touquet au son de l'accordéon, d'un baiser dans les arènes de Lutèce, une fois les grilles enjambées. Et puis plus rien. Enfin si, une brasserie de temps en temps, pour les anniversaires et les dates-clés. Quelque chose d'attendu et de convenu. Comme ce soir d'ailleurs. Les surprises ont totalement disparu de leur vie. Elle ne peut pas donner une date, mais la chose a été entérinée sans son accord, par elle et les autres autour. Les amis et la famille l'ont appelée, elle, pour savoir si le couple était libre. Tu comprends, il ne répond jamais. Même ses amis à lui. Ses potes médecins. Alors elle a rempli leur agenda. Elle a organisé leur vie. Et elle l'a fait seule.

Elle boit une gorgée de vin pour s'humecter le palais. Elle aime les boissons fortes. Ce rouge est très bien. Il monte vite à la tête, tout ce qu'il lui faut. Elle repose son verre. Il y a une trace de rouge à lèvres sur le bord, elle l'a acheté aujourd'hui, elle le porte pour la première fois, la vendeuse lui a dit que c'était la couleur de l'hiver ; quand elle regarde sur la surface transparente, elle trouve tout de même que c'est très foncé et qu'elle a passé l'âge de ce genre d'excentricité. Elle aurait dû s'en tenir au rose classique qu'elle met tout le temps. Qu'est-ce qui lui a pris, encore ?

Tiens, une femme est debout, là-bas. Et depuis un certain temps. Elle l'avait déjà remarquée tout à l'heure. Julien voit que son attention est fixée sur quelque chose. Alors il se retourne. Ah non, hein ! Il est hors de question que ce repas soit gâché par une des interventions dont il a le secret et où il joue les héros ! C'est sa soirée ! Son moment ! Elle ne se le fera pas voler par un malade ! Ces instants de satisfaction sont si rares dans sa vie qu'elle interdit qu'on les lui prenne !

Son couteau joue avec l'os du poulet qui demeure dans l'assiette. Tomber sur un os, c'est cela qu'on dit. Voilà sa vie : une exploration permanente pour découvrir un triste squelette. Fourrager nerveusement, détacher la chair tendre, l'imbiber de sauce, la mettre en bouche, éprouver un petit plaisir et contempler la carcasse.

Julien collectionne les poupées russes. Ça vous étonne, hein, de la part de ce grand médecin rationnel. Dans le fond de son cabinet, près du lavabo où il se lave les mains, là où personne ne va, est rangée sa collection de matriochkas. Il en a plusieurs dizaines. Et quelques-unes, les plus belles, sont ouvertes et alignées de la plus grande à la plus petite. Pourtant, il n'a pas d'origines russes, ses beaux-parents sont de bons Vendéens, des ventres à choux, comme on dit. Non, décidément, elle ne connaît pas cet individu qui est pourtant son mari.

Elle a encore faim. Elle a encore envie de vivre des choses. Il reste encore un peu de sauce dans l'assiette. Elle prend un morceau de pain dans la corbeille. Qu'elle découpe lentement. Elle aime bien le croûton. Mais il n'y en a que deux dans une baguette. Aux extrémités. Comme eux. Voilà la profondeur de sa pensée et la qualité de ses associations : elle les compare à des morceaux de pain éloignés. Elle plante sa fourchette dans la croûte du pain et fait des ronds dans son assiette pour en imbiber la mie. Et puis elle finit par attraper le pain avec ses doigts. Qui cela choquera-t-il ? Elle lève la tête, lit dans ses yeux une forme de dégoût, mais tant pis. Elle se moque de ce qu'il pense d'elle. Que du négatif, elle le sait bien. Il n'y a plus rien à sauver.

Pourtant, elle a résisté. Elle n'a rien lâché. Oh, elle s'est débattue. Elle a tenté des choses. Des grèves. Elle n'a pas fait à manger un soir. Il est arrivé avec son éternelle nonchalance. La table n'était pas mise. Elle a vu une ombre d'inquiétude traverser son visage lunaire. Il a proposé timidement un restaurant. Soit, il s'en sortait bien. Elle a réitéré la grève culinaire le lendemain. Il a fait la même proposition. Elle a tenu cinq jours. Et elle a eu envie d'une omelette maison. Qu'elle a fini par cuisiner. Il a souri en retrouvant sa pochette serviette brodée. Il a fait face aux ouragans, au déploiement de colères, de crises de larmes, aux reproches haineux. Elle a crié, hurlé, cassé. Mais rien. Si elle devait dire comment il traverse les tempêtes, elle répondrait qu'il attend que ça se dissipe. Et qu'il est très patient. Et que de fait, ça finit toujours par passer. Lui, tout ce qu'il veut, c'est rentrer le soir dans un endroit accueillant, chaleureux, tranquille. C'est simple. Pourquoi complique-t-elle tout ? C'est elle qui ne sait pas être heureuse. C'est elle qui ne sait pas se contenter du réel. Qui a des désirs que rien ne peut combler, des rêves qui ne peuvent se réaliser. Il vaut mieux ne pas rêver. Il vaut mieux vivre. Comme lui.

Elle contemple à nouveau son assiette vide. Et bien nettoyée. Comme disait sa grand-mère, même plus besoin de faire la vaisselle. Il faut qu'elle prenne un dessert. C'était trop rapide. Ça ne peut pas se finir si vite. Elle ne veut pas rentrer à la maison. Elle n'a pas envie de retrouver sa vie. On est jeudi soir. Demain, ménage le matin, il faut qu'elle nettoie les placards de la cuisine, et l'après-midi, elle doit prendre un thé avec Michelle. Et puis le soir ce sera le week-end. Et le week-end, c'est toujours pareil : il est fatigué. Ils ne font rien le samedi, si ce n'est les courses pour la semaine, l'après-midi c'est sieste. Et le samedi soir ils reçoivent ou sont reçus. Ce samedi, ils vont chez les Lesourd. Le dimanche, c'est marché. Puis repas dominical, rosbif-pommes de terre-haricots verts, vacherin acheté chez le pâtissier. Et promenade en forêt. Fontainebleau ou Vincennes. Avec les enfants qui sont là.

Et après ?

Mais qu'est-ce qu'elle va faire de sa vie au juste ? À quoi utiliser le temps qui lui reste ? Les enfants sont partis, ils l'ont laissée. Ils viennent de temps en temps avec du linge sale et des estomacs vides, elle lave, elle repasse, elle cuisine, elle donne des Tupperware. Mais quoi ? Ça ne remplit pas une vie ! Et les petits-enfants vont arriver, mais pas tout de suite. Il faut qu'elle occupe son temps libre, lui a-t-il dit. Mais « libre » est un mot qu'elle ne connaît pas, au propre comme au figuré. Elle n'a jamais eu de périodes d'inactivité. Et elle n'a jamais été libre. Elle est passée de la férule de son père à celle de son mari puis de ses enfants. Elle n'aime pas l'art. Elle ne va pas se mettre à fréquenter les musées et les théâtres. Elle n'est pas douée en travaux manuels, elle ne veut pas se lancer dans la couture ou l'encadrement. Non, elle a été dans son désir à lui. Elle n'a rien eu en propre. Elle ne sait pas qui elle est non plus, si ce n'est un immense vide que remplissaient les exigences des autres.

Tiens, la serveuse apporte son deuxième plat, une entrecôte après le tartare. Ce n'était donc pas une blague ! Mais quelle mouche l'a piqué ! Il est toujours si conventionnel ! Un deuxième plat ? Mais comment a-t-il encore de la faim pour ça ? Ou peut-être qu'il est comme elle, qu'il ne veut surtout pas rentrer ? Parce que, pour être honnête, elle pourrait tout à fait prendre des lasagnes après son poulet.

Elle voit son air content de lui, un brin provocateur tandis qu'il plante sa fourchette dans le beau morceau de viande. Elle lui en veut. Parce qu'il fait toujours ce qu'elle veut faire. Parce qu'il est libre, lui. Qu'il ne s'interdit rien. Et que cette liberté-là, elle ne se l'est pas autorisée. Elle a cherché à lui plaire. Elle a vécu sous son regard. Elle s'est conformée à ce qu'il attendait d'elle. Ou du moins le croyait-elle. Parce que peut-être qu'il n'attendait rien. Simplement qu'elle soit heureuse. Qu'elle ait elle aussi une vie. La sienne.

Elle est jalouse de lui, oui, voilà, oui, c'est ça. Elle a mis des mots dessus : elle est jalouse de lui. Ce n'est rien d'autre que cela.

12

Poireaux vinaigrette

— Qu'est-ce qui se passe à la 6 ? Il n'aime pas son tartare ? demande Cyril alors qu'elle revient vers lui avec un air étonné.

— Si, mais il a pris un deuxième plat !

— Quoi ?

Ils ne s'entendent plus. L'alcool agit à plein régime, les langues sont souples, alertes, les esprits croient l'être autant, les anecdotes fusent, les blagues explosent (faut qu'il arrête, le gros à la 10, parce que là, ce n'est plus possible !). Il se hisse et se penche au-dessus de son bar pour la comprendre mieux. Il aimerait tendre les bras. Il aimerait que le geste de tout à l'heure sur l'épaule se transforme en autre chose, une main serrée, une caresse, un baiser peut-être. Il veut une prolongation de cette ébauche. Ne pas en rester là. Il se regarde de l'extérieur, quasi hors de son repaire, le haut du corps comme sorti d'une boîte, une marionnette, un guignol. Il se trouve ridicule.

— Une entrecôte ! précise-t-elle en articulant et en criant. Après le steak tartare !

— Hein ! Il veut un deuxième plat !

Il crie. Et penche encore davantage son buste vers elle, le comptoir appuie sur son ventre, il se hisse avec ses bras, il est maintenant tout à fait risible.

— Oui, je t'assure ! dit-elle.

— Eh bien ! Il a de l'appétit le gars ! Ses patients ont dû l'affamer !

— Et soif aussi ! Il veut un deuxième pichet de rouge ! Allez hop ! Au boulot !

Elle rit. Il a une folle envie de prendre dans ses mains cette petite tête d'oiseau. De caresser ces courts cheveux blonds. De les ébouriffer plutôt. D'embrasser ces yeux vifs aussi. Et ses lèvres. Et son cou. Il redescend derrière son bar. Ses pieds touchent à nouveau le sol. Retour à la réalité.

— Tu verrais la tête de sa bonne femme ! ajoute-t-elle.

— J'imagine ! Le genre maîtresse d'école à te taper sur les doigts dès que tu n'es pas dans les clous !

— Oui, exactement !

— Des tyrans en puissance, ces gens-là. Qui s'autorisent, après quelques mois de relation, à décider pour toi et à prendre le pouvoir ! Ils n'ont l'air de rien, mais ils te bousillent bien.

Elle lui jette soudain un drôle de regard. Presque inquiet. L'éclat a disparu des deux billes noires. Elles sont opaques.

— Oui, oui, c'est exactement cela…

Il a touché juste.

Elle est là sa blessure. Une sale histoire, comme on en connaît tous, dont on ressort lessivé et avec si peu d'estime pour soi-même qu'un simple « bonjour » qui nous est adressé provoque des flots de reconnaissance. Il connaît lui aussi. Ça lui est arrivé une fois. Il a ramé pour revenir à la surface. Ils ont cela en commun.

Il ne sait pas s'ils en parleront un jour. Ce sont des choses qui ne se partagent pas. On n'a pas forcément envie que l'autre sache qu'on peut être humilié, qu'on l'a accepté en son temps, qu'on peut être pris pour un paillasson. C'est même l'inverse. Au seuil d'une nouvelle histoire, on se présente fier, intègre, incorruptible. Rien ne nous entamera plus. On a payé pour voir. On ne recommencera pas selon les mêmes schémas. On ne tombera plus dans les mêmes pièges. On se battra pied à pied pour défendre ses positions et son intégrité. Il faut bien que cela serve à quelque chose de passer par le feu. On n'a pas vaincu pour perdre à nouveau. Non, ils sauront éviter ces écueils.

Il la regarde, elle se meut entre les tables, prend une commande, récupère les menus, les redonne ailleurs, conseille, s'attarde, sourit, file en cuisine quand la sonnette retentit, place les assiettes chaudes, bref, elle assure. Elle en a fait des progrès depuis qu'elle est là. On dirait qu'elle est serveuse depuis toujours. Elle maîtrise désormais. Elle a même ses petites manies à elle, sa façon de faire bien personnelle, ce tablier bleu de Chine qu'elle a noué autour de sa taille, cette façon de porter les cartes sous le bras comme un dossier de ministre, ces gestes amples et circulaires pour nettoyer les tables. Elle est installée dans son métier. Et lui, ce nigaud, n'a rien réussi à installer avec elle. Il en est encore à guetter ses mots qui pourraient être des invitations, à sourire quand elle est joyeuse, à effleurer ses doigts quand il lui tend un verre plein qu'elle met sur son plateau, à vouloir qu'une main sur l'épaule devienne une étreinte longue. Il en est aux suppositions et aux frissons. Il faut vraiment qu'il passe à la vitesse supérieure.

Elle revient, il prend une grande inspiration, s'apprête à dire quelque chose, quand elle lui lance, lui coupant l'herbe sous le pied :

— En fait, t'y crois au couple ?

Ah oui quand même ! Il a envie de répondre, au couple, pas forcément, mais à nous deux, oui.

Mais évidemment, c'est grandiloquent. Ou au contraire mièvre. Bref, c'est trop. Donc il ne dit rien. Alors ils regardent en silence tout autour d'eux. Ses yeux glissent de table en table, de client en client. Ils s'attardent. Ils se détournent. Y retournent. Sont exposées devant eux comme au musée les différentes versions de ce qu'ils pourraient devenir. Ils en tremblent.

13

Hareng-pommes de terre à l'huile

— Hep !

— Oui, monsieur.

— La carte des desserts, ce serait trop vous demander !

— C'est-à-dire que… Comme votre femme est partie… J'ai pensé que…

— Arrêtez de penser ! Votre job, c'est de servir.

14

Boudin aux pommes

— Tu fais quoi, là ?

— Je me barre !

Il ne l'a jamais vue ainsi. À un tel degré de colère. Rien à voir avec le mutisme qu'elle peut montrer certains jours de grise mine et de renfrognement. Non, là, ses mains s'affolent. Elle n'arrive pas à défaire son tablier. Le nœud dans le dos résiste, invisible, inaccessible, trop serré. Elle tire sur les cordons à l'aveugle, comme une poupée mécanique. Elle pourrait pleurer. Elle se débat avec ses vêtements, ses futures larmes, son envie d'en découdre et celle, opposée, de fuir.

— Quoi ?

Il a décidé de la retenir. À cause de cette énergie contradictoire, précisément. De ce flux qui se nie. De ce corps qui se contrarie. De cet esprit qui s'empêtre. De cette mécanique qui s'enraye. Il veut la faire pencher d'un côté, du sien. Il veut qu'elle reste.

— T'es sourd ? Je me barre !

Elle crie. Contre lui. Elle voudrait le faire contre un autre, mais il est là, alors il prend. Mauvais endroit au mauvais moment, ce n'est la faute de personne, c'est comme ça.

— Mais pourquoi ?

— Parce que.

— Parce que quoi ?

— C'est bon, là, tes questions ! Il n'y a pas des raisons à tout !

— C'est à cause du gars là-bas, à la 1 ? Il t'a dit quelque chose ? Il t'a fait quelque chose ?

— C'est bon, je te dis, laisse tomber !

— Je vais le voir, moi, si tu veux.

— C'est ça !

— Quoi, c'est ça ? Ben oui, je vais le voir, c'est tout !

— Et pour lui dire quoi ? C'est vous, monsieur, qui avez mal parlé à la demoiselle ? C'est pas bien ! Faut pas faire ça, monsieur ! Gnagnagna.

Elle l'accuse d'être lâche parce qu'elle l'a été. Elle aurait dû lui répondre à l'autre porc. Que son dessert, il pouvait se le carrer où elle pensait, elle aurait même réussi à dire dans son cul, oui, elle aurait pu, elle aurait dû. Et qu'elle savait penser aussi, pas que servir. Et qu'elle a un master de philo même, oui, monsieur. Et que sa femme, elle a bien fait de se barrer. Et qu'on peut servir et ne pas être un larbin. Et que d'ailleurs, la dialectique hégélienne du maître et de l'esclave, c'est pas pour les chiens. Et que…

— Dis donc, t'as vu comment tu me parles, là ? dit Cyril. La voix que tu prends ? C'est moi que t'imites ?

— Non.

Elle prend soudain conscience qu'elle le traite comme un moins que rien. Qu'elle le singe et le dénigre. Qu'elle n'est pas mieux que l'autre, là.

— Désolée. Je suis en colère. Je suis nulle. Désolée.

Une larme affleure. Elle lève les yeux au plafond pour l'empêcher de sortir et de rouler. Elle veut la contenir dans son globe, la répartir sur la surface lisse.

— Ce n'est rien, dit-il pour faire redescendre les émotions.

Il lui sert un porto. Dans un petit verre de grand-mère qu'il sort de sous le comptoir.

— Tiens, bois ça. Ça va te remonter.

— Merci. Mais je ne bois pas d'alcool.

— C'est un ordre !

Il tempère l'affirmation d'un sourire tendre qui la dément :

— Ça te fera du bien. Ma mère, quand elle nous emmenait faire les vaccins, le pédiatre lui servait toujours un petit verre de porto, à boire cul sec, pour tenir le coup. Elle se laissait faire !

Elle descend le verre d'un geste précis. Comme un shot de vodka.

— Ça va mieux ?

Elle opine du chef. Il lui remplit à nouveau son petit verre. Qu'elle descend avec la même rapidité et le même naturel. Elle reprend des couleurs.

— Tu ne voudrais pas aller t'occuper de super-connard, là-bas, parce que moi, j'ai envie de me le faire, et ça ne serait pas joli joli ! finit-elle par lâcher.

— Bien sûr !

Elle lui demande quelque chose. Elle a besoin de lui. Elle a besoin de lui !

15

Spécialité du chef

— Bonsoir, monsieur.

— …

— Bonsoir, monsieur.

— Oui, quoi !

— Il y a un problème avec la jeune fille qui vous sert ?

— Oui. Je veux un dessert. Et j'ai pas la carte.

— Et alors ?

— Et alors quoi, connard ! Faut que j'aille la chercher moi-même peut-être ?

— Peut-être.

— Il est où, le patron ! Dans dix minutes, t'es plus là ! Tu peux aller ramasser tes petites affaires de merde et te barrer !

— Comme votre femme tout à l'heure ?

L'homme se lève, furieux, et se rue sur lui. Son humiliation rend ses gestes imprécis et son visage cramoisi. Il se jette en pagaille sur le barman.

— Connard !

Un coup part, maladroit, qui n'atteint pas sa cible. Cyril l'évite, sans trop d'effort, attrape le bras du type et le bloque dans son dos. Une clé. Il remonte le coude vers les omoplates, fermement, le corps se plie, sa femme était debout, digne, mais chancelante, il est cassé en deux, amoindri, écumant. Ils attirent, à quelques dizaines de minutes d'intervalle, les mêmes regards de la salle.

— Enculé, connard, tu vas voir, sale con !

Les mots gargouillent. Comme des bouillons de sang sortant d'une bouche expirante.

— Je vous raccompagne, monsieur.

L'étrange couple avance vers la sortie, une moitié d'homme rageur au bras confisqué, un barman derrière lui, droit et poigne de fer.

— Et l'addition, c'est pour moi !

Sur cette réplique magistrale, la porte est ouverte, l'homme est lancé sur le pavé, comme un malpropre. Sans coup de pied aux fesses, ce serait trop. Mais ce n'est pas l'envie qui manque.

Cyril rejoint lentement son bar, il a retrouvé son calme et sa dignité. Il sourit. Pas mécontent du coup d'éclat qui le magnifie aux yeux de sa belle, restée près du comptoir. Il se sert un grand verre d'eau à la pompe, qu'il descend d'un trait. On se croirait un peu dans un western.

Elle le regarde, perplexe et admirative. Il le voit dans ses yeux. Il l'a défendue. On ne doit pas avoir fait souvent cela pour elle. Mais il faut qu'il se calme. Elle n'aime pas trop les machos !

16

Cordon-bleu-spaghettis au beurre

Elle est assise en face de moi. Si jeune, si belle, si frêle. On nous prend pour un couple. C'est flatteur. C'est vrai que je pourrais sortir avec des filles de son âge. Comme une cure de jouvence. Enfin, ma voisine de banquette nous jette des regards pleins de réprobation. Sachez pourtant, madame, que mon épouse a sensiblement le même âge que vous ! Je suis un peu *old school*. Je reste avec la femme de ma jeunesse, je la connais, elle me connaît, je l'aime, elle m'aime, enfin, je crois, je n'ai pas besoin d'être jeune, j'ai besoin de vivre dignement et en vérité. Comme vous, si je ne me trompe.

Je la tenais, entre ma main et mon coude, elle n'était pas plus grande que mon avant-bras, sa petite tête biscornue et encore molle retenue par mes doigts crispés et maladroits, ses petits chaussons de laine chatouillant ma peau, bottillons bien trop grands pour des pieds miniatures, j'avais si peur de la faire tomber. Elle était si fragile. Si petite. Et si parfaite. Ses mains fines. Aux doigts si effilés, aux ongles roses un peu longs, elle se griffait. Ses yeux recouverts d'un voile bleu ardoise qui disparaîtrait pour un marron noisette, qui ferait dire à sa mère qu'elle lui jetait des regards noirs.

— Non, mais monsieur, vous pouvez y aller, on l'a sortie par les pieds, elle est solide.

Envie de le tuer, ce gars. Et une phrase est montée, surgie de nulle part, de l'inconnu, du non-vécu :

— Tu ne parles pas comme ça de ma fille, connard !

J'étais père et j'avais un être minuscule à défendre.

Je ne savais pas que cette phrase, j'aurais maintes fois envie de la répéter, et qu'elle brûlerait aujourd'hui à ce point mes lèvres. Cette phrase ridicule, quand elle n'est pas abominable, qui fait de moi la caricature du mâle protecteur et du père surinvesti.

Elle est amoureuse. Ça se voit à ses joues roses, ses yeux pétillants, comme si la nature mettait tout en œuvre pour la faire paraître plus jolie. Ruse de l'espèce. Mise en branle pour un connard (cela fait deux fois, mon ami, reprends-toi !). Je sais, par définition, je dois trouver tous ses petits amis minables, sots, indigents. Le premier a pris cher, alors que rétrospectivement, il n'était pas si mal. Gauche, freluquet, un gros nez. Mais gentil. Il me fait penser à ce jeune homme roux là-bas à la table qui donne sur le quai. On le sent maladroit, angoissé, muet, il est touchant en vérité. Rien à voir avec ton « petit ami » (comme cette expression convient mal, il est si peu ton ami, plutôt ton ennemi en vérité. Quant à « petit », je valide. Il l'est par la médiocrité de sa pensée, de ses ambitions, de son amour pour toi). Pourquoi ? Pourquoi lui ? Pourquoi donner à cet ingrat toute ta grâce ?

Il méconnaît ton don. Pire, il s'en moque.

Il est blasé. Déjà las. Tu n'es pas la première, tu ne seras pas la dernière. Il a le sourire des trop-nourris, l'assurance de ceux qui ne connaissent pas la disette sexuelle, les filles s'enchaînent, leur nombre appelle leur nombre, dans un cercle vertueux qu'il constate et que j'abhorre. Il fait de toi un chiffre. Non même un nombre. Monsieur a des besoins. Avec ta confiance et ton inexpérience, tu ne fais pas le poids. Un seul de ses sourires te remplit de joie, une moue ternit ta journée. Il règne sur ta météo affective.

Je ne peux rien empêcher. Je vois ces heures de soins, ces rires, cette enfance finir dans les mains d'un malotru qui les malmène et les broie. Je voudrais que tu offres ton être précieux et ton histoire unique à quelqu'un d'autre. Il ne sait rien des jours passés à te soigner, te nourrir, te câliner, te faire grandir. Puis t'accompagner, te soutenir, te cultiver, te faire encore grandir, mais autrement. Les successions de repas, promenades, lectures, jeux, visites, vacances, paysages, photos, réunions de famille, siestes, baisers, vêtements, bains, courses, tennis, qui font de toi ce que tu es et pas une autre. Il en ignore tout. Soit. Mais surtout, il n'en veut rien connaître.

Mais t'empêcher de le voir c'est te pousser dans ses bras. L'ériger en interdit c'est lui donner une valeur qu'il n'a que trop. Alors je lance :

— Comment va Renaud ?

Renaud, quel prénom déjà ! Une pauvre voiture avec une petite distorsion orthographique. Un chanteur qui n'est pas au mieux de sa forme. Un faux renard tapi dans l'ombre.

— Il va bien. Très bien. Il a eu une super note à son TD de droit. On l'avait fait ensemble !

Évidemment. Vampire qui suce ta jeunesse et ton intelligence. Pour réussir ses études de droit. Il n'en a aucun, de droit. Du moins pas celui de t'exploiter, de t'hypnotiser, de te toucher.

— Ah, c'est bien ! Je suis fier de toi ! De vous, pardon ! Faire droit en plus de lettres, tu es très forte !

— Papa, arrête ! Il s'en sort très bien sans moi. C'est juste que je m'intéresse à ce qu'il fait ! J'ai envie de le comprendre, tu vois, de partager ce qui le passionne !

Mais rien ne le passionne, ma chérie ! Il est vide. Tu le remplis. Il est sans idées. Tu l'intellectualises. Il est sans âme. Tu le spiritualises. Il est sans projet, tu lui donnes un futur. Et quand il aura tout pris, il partira sans un regard, sans reconnaissance. Mais nous serons là, ta mère et moi, c'est tout ce que je peux promettre.

Je l'ai coincé un matin, ce petit con. Nous étions dans la cuisine de notre maison de vacances. Tu dormais encore. Ta mère aussi. Les femmes étaient au chaud dans des lits. Nous grelottions devant un feu que je venais d'allumer et qui s'éveillait lentement. Il avait perdu de son arrogance avec ses lèvres bleues, ses cheveux décoiffés et ses épaules tremblotantes. C'était le moment ou jamais d'attaquer ! Je le croyais vulnérable.

— Quelles sont vos intentions envers ma fille ? lui ai-je demandé en plaçant une grosse bûche.

— Houlà, dès le matin comme ça !

Il exhibait son petit sourire, qui devait faire fondre ma fille, qui me tendait et me durcissait.

— Exactement ! Dès le matin ! Il faut prendre rendez-vous pour discuter avec vous ? Votre cerveau ne fonctionne qu'à partir d'une certaine heure ?

Je savais moi aussi user d'ironie quand il le fallait.

— Aucune. Je n'ai aucune intention envers votre fille. C'est elle qui est venue me chercher.

Évidemment, la passivité en étendard. Je ne cherche pas à les séduire, elles viennent me manger dans la main sans même que je lève le petit doigt. Victime des filles. Qui le veulent, le traquent, le désirent. Et la mienne n'est que l'une d'elles.

— Moi, vous savez, je vis au jour le jour. Au gré du vent. Ça ne sert à rien de se projeter, de faire des plans sur la comète.

Philosophie de velléitaire. Idéologie de paresseux. Morale d'opportuniste. Ambition de pleutre. De lâche. De couard ! Quel programme !

— C'est un truc de votre génération, ça, les carrières, les mariages, les emprunts, les enfants, les résidences secondaires…

Allez, mon coco, renvoie-moi mon âge dans la gueule, ne te gêne pas ! C'est vrai, avoir des égards pour le père de sa douce, c'était aussi un truc de vieux con !

— Vous êtes malgré tout bien content d'en profiter de cette résidence secondaire si je ne m'abuse !

— Oui, c'est cool, je ne vais pas dire le contraire !

Pas de merci. Enfant gâté. Tout est normal. Tout est dû. Et ma fille fait partie du panier garni, un jouet de plus dont tu te désintéresseras bientôt, dont tu te désintéresses sans doute déjà. À voir la légèreté avec laquelle tu prends cette conversation.

— Je vous préviens, jeune homme, si vous lui faites quoi que ce soit, si elle souffre par votre faute, je pète vos belles dents et ce qu'il y a autour. Sans problème.

— Je suis censé avoir peur ?

— Vous devriez.

J'ai dû l'effrayer un tout petit peu, il n'en a jamais parlé à Élodie. J'ai guetté un regard réprobateur de sa part, une mine renfrognée, mais je n'ai vu que son sourire clair et ses yeux rayonnants. Qui tournaient les talons.

Je lui attrape la main sur la table.

— Écoute, Élodie, je voudrais te parler…

— Ça tombe bien, moi aussi, papa !

— Vas-y en premier, je t'écoute !

— Non, toi, vas-y, je préfère.

Lui balancer qu'elle se trompe, qu'elle n'est pas avec la bonne personne, au risque de la braquer et de la perdre. Et n'a-t-elle pas à faire sa propre expérience ? Celle de la douleur et de la solitude ? Mais pourquoi lui avoir évité toutes les embûches, les souffrances, l'inconfort, le froid, les vêtements laids, si c'est pour la donner en pâture au loup ? Heureusement, n'y tenant plus, elle se lance :

— Avec Renaud, nous voulons nous installer ensemble !

— C'est-à-dire ?

— Prendre un appartement ensemble ! Tu sais, nous vivons déjà pratiquement tous les deux, il est tous les soirs chez moi.

(Sans blague, ma chérie, cela s'appelle un coucou, qui fait son nid dans celui des autres et un jour se débarrasse des habitants initiaux.)

— Donc tu m'annonces quoi au juste ?

— Que nous allons chercher un appartement et vivre ensemble !

— Ah, très bien, tu m'as fait peur, j'ai cru que tu allais te marier !

(Oui, je sais, c'est petit de ma part, j'appuie où cela fait mal, je mets en lumière son refus de l'engagement, sa peur du toujours, son inconsistance.)

Tu fais triste mine. Tu es fine. Tu as compris. Désolé, chérie, mais comment faire ? J'essaie de te dire les choses de façon subtile. Il faut que tu entendes. Même si je dois utiliser des sales allusions, des détours désagréables, des insinuations fuyantes.

— Alors c'est du sérieux entre vous ?

— Oui, papa, si tu savais, c'est tellement fort. Comme une évidence. Le truc qui te tombe dessus. Tu ne peux rien faire, juste dire merci.

Elle s'anime en évoquant son amour. Elle est encore plus jolie, ses joues sont encore plus roses, ses yeux s'éclairent, ses lèvres s'humidifient, ses paroles coulent, les ombres disparaissent, l'avenir irradie et lui tend les bras.

Elle a envie de raconter cet amour, de dire de quoi il est fait, de le décrire, de le confier à quelqu'un. Oh ! ma chérie, je suis vraiment la mauvaise personne. Je ne veux rien entendre.

— Il comprend tout. Je peux tout lui dire. Il est tellement attentif. Il veut tout savoir de moi, tout l'intéresse.

(Oui, surtout ton patrimoine ! Non, je suis mauvais, pardon. Mais enfin, quand il est venu déjeuner un dimanche à la maison, c'est ta mère qui a insisté, « Connais ton ennemi », me suis-je dit, je l'ai vu faire le tour du futur propriétaire, calculer les surfaces, évaluer le mobilier, fixer les miroirs dorés, reluquer l'argenterie. Ta mère a critiqué ma paranoïa aiguë. Ta sœur a conclu d'un « Oui, enfin, pour une première fois, il est quand même très à l'aise » que j'ai adoré.)

— Il est prêt à interrompre ce qu'il est en train de faire si j'ai besoin de lui. Pour des choses importantes, mais aussi pour des trucs très banals, genre préparer le dîner. Je ne le dérange jamais.

(Mais que dérangerais-tu, ma chérie ? Il n'a aucune vie intérieure, aucune pensée, tu ne perturbes rien, le néant se traverse sans rencontrer d'obstacle.)

— Avec lui, je me sens enfin jolie. Il me fait des compliments. Il me dit que je suis belle, intelligente, brillante, tout, quoi ! C'est bien ça, non, papa, le vrai amour ? Quand l'autre te valorise ?

(Pourquoi me poses-tu la question, ma cocotte ? C'est parce que tu sens bien que ces mots sonnent faux, tu sais qu'ils sont bavardages, emprunts, citations. Tu entends qu'ils viennent d'autres bouches, de toutes les bouches. Tu crains même peut-être, sans le savoir réellement, qu'ils servent pour d'autres que toi.)

— Ah, je suis si heureuse !

(Le bonheur se tait. Il n'a pas de mots. Cet homme seul et silencieux devant son entrecôte doit être heureux.)

— Sincèrement, je suis bien content pour toi !

17

Œufs cocotte aux truffes

Certains applaudissent. D'autres se contentent de sourire. D'autres enfin, rares, retournent à leurs assiettes en fronçant les sourcils, ceux qui n'aiment pas être dérangés. Ceux qui n'apprécient pas les vagues. Cyril les salue tous en se penchant au-dessus de son bar. Et il fait virevolter un chapeau fictif dans les airs, une révérence à l'ancienne, théâtrale et ampoulée.

— Waouh ! T'es super efficace, toi, comme mec ! lance-t-elle en sifflant.

Cambrée sur le côté droit, elle a les deux poings sur les hanches et, avec son tablier, elle a un air de petite matrone mignonne. Son cœur se fissure. Il voudrait profiter immédiatement de son avantage, sauter par-dessus le comptoir, la prendre dans ses bras et l'embrasser, là, devant tout le monde, sous les bravos, les jets de fleurs, les cris de joie. Il n'en fait rien. Redescendre. Se calmer.

— Faut pas me faire chier ! répond-il pourtant.

Il s'agit tout de même de capitaliser sur son exploit, de ne pas laisser filer sa chance, d'enfoncer le clou. C'est peut-être le moment. Il se tourne vers les clients et leur sourit. Il cherche leur assentiment et leur encouragement. L'homme seul lui envoie un sourire éclatant. Le médecin une question inquiète, yeux plissés, menton qui se relève et demande « Tout va bien, pas trop de casse ? », le Bordelais ricane, la table de mecs applaudit, crie, se réjouit de cette démonstration de force virile, les amoureux n'ont rien vu. Grégoire, qui vient d'avoir un enfant, lève le poing puis siffle avec quatre doigts dans la bouche (il a toujours rêvé de savoir siffler ainsi). Bon, on a les spectateurs qu'on mérite. Chacun, à sa façon, l'encourage pourtant. Il se sent fort de leur intérêt à tous.

— Oui, je vois ! répond-elle quand les manifestations de joie et d'intérêt sont passées. Je pensais que t'étais un gentil ! Et qu'on pouvait te faire chier… Je suis chiante, moi, par exemple…

Terrain miné. Le triomphe et sa transformation vont être plus compliqués que prévu. Ne pas lui répondre qu'elle est chiante. Elle peut le dire, mais pas lui. Et d'ailleurs, il ne la trouve pas chiante du tout. Un peu trop sensible, secrète, sur ses gardes. Mais pas le genre de chieuse qui fuit quand on dit qu'on est « seulement » barman, qu'on n'a pas le statut et le salaire qu'il faut, que pour les bijoux, les hôtels, et les week-ends à la mer ça va être compliqué. Pas de celles qui vous prennent pour un compte en banque. Non, elle s'en fout de tout ça. Pas non plus l'allumeuse, qui souffle le chaud et le froid, qui vous prend un jour, vous jette le lendemain, pour laquelle on ne sait jamais sur quel pied danser. Non, elle souffle uniquement le froid, la distance, tiens-toi loin de moi, *Noli me tangere*, comme on dit en latin, il a de bons restes, ne me touche pas. Ce n'est pas facile, mais au moins c'est clair.

— On peut être gentil et pas aimer se faire emmerder ! finit-il par répondre en reprenant son torchon pour astiquer son bar.

C'est dit d'un ton ferme. Ça ne peut pas être discuté. Il s'enfile un second verre d'eau. Cul sec. Pour donner encore plus de poids et de détermination à son discours.

— Bon ben merci, alors, dit Marion.

— Ben de rien, alors. C'est pas parce qu'on sert les gens qu'on peut nous traiter comme de la merde.

Ils se regardent et voient au-delà d'eux-mêmes. Ils pensent la même chose. C'est fou.

Ils n'auraient pas misé sur cet endroit, à ce moment de leur vie, pour cette rencontre.

— Je reprendrais bien un petit verre de porto de derrière ton comptoir, parce que j'ai un peu de mal à enchaîner, là, demande-t-elle en passant sa main plusieurs fois dans ses cheveux courts.

— Avec plaisir, mademoiselle, obéit-il avec cérémonie.

— Merci, monsieur, lui répond-elle de la même façon.

Un troisième petit verre d'alcool dans la soirée, c'est bon signe, elle se détend, elle lâche prise. Elle le descend d'un trait et le pose de façon sèche sur le bar. Comme dans les films où ils font des concours d'alcool et finissent les shots les uns après les autres en alignant avec fracas les verres bus. Elle rit de son geste théâtral, il l'accompagne joyeusement. Son rire…

— J'y retourne parce que les gens vont se demander…

— Se demander quoi ?

Il espère qu'elle fera allusion à eux. Au lien qui les unit désormais. Celui d'un protecteur et d'une protégée. Une relation qui peut être défendue quand elle est mise en péril. Quelque chose qui résiste, qui ne se laisse pas détruire. Quelque chose plutôt que rien, et c'est déjà énorme.

— Ben, si tu vas les racketter, vider leur portefeuille, leur sac, avec ta tête de petite frappe !

Elle éclate de rire. Elle s'en sort par une pirouette ! Comme il le fait parfois. Cette fille lui plaît. Et son rire continue de le remuer alors qu'elle est déjà au milieu de la salle, à distribuer les cartes pour les desserts, sourire, rassurer des gens qui n'étaient pas vraiment inquiets. Sa violence à lui a créé paradoxalement du calme chez elle. Son visage fermé a engendré son air radieux. Ses coups retenus une aisance paisible.

18
Fromage et dessert

Elle crève la dalle. *Starving*, on dit en anglais. Plus que la faim, la fringale, le trou dans l'estomac. Elle avance dans le restaurant en lorgnant les assiettes de tous les convives. Hum, cette entrecôte ! Oh, il en a carrément pris deux ! Elle ferait bien comme lui tout à l'heure, mais elle n'osera pas, cela attirerait trop l'attention. Oh, des lasagnes au saumon ! Elles ont l'air bonnes. Et ce magret, là ! Elle se lèche les babines. Elle le suit, il est toujours si calme, la serveuse les place au milieu de la salle, elle préférerait dans un coin, à l'abri, il transmet sa demande, ils sont installés près du mur à côté d'un autre couple. Très bien. Enfin non, son estomac tiraille. Elle mangerait tout, les œillets, l'assiette et les couverts. Pourquoi n'y a-t-il pas déjà les corbeilles de pain sur la table ? Ça lui rendrait bien service ! Elle va faire le triplé : entrée-plat-dessert ! Et allez ! Elle ne va pas se gêner ! Vite, la carte ! Elle fait quoi, la serveuse ? Pourquoi a-t-elle faim comme ça !

Oh, elle le sait bien. Et ce n'était pas prévu.

Pour l'instant c'est son secret. Ça se joue entre son cerveau et ce petit truc en plastique dans son sac avec deux barres bleues dessus. Une qui dit que le test a été bien effectué. Une qui dit qu'il est positif. Bien, bien,

bien. Elle a attendu dix jours avant de le faire. Et puis elle s'est dit qu'il valait mieux savoir. On verrait après. Elle est descendue à la pharmacie du coin, est tombée sur la patronne qui parle trop fort. « Un test de grossesse ? Très bien, mademoiselle ! Vous êtes sûre que vous n'en voulez pas deux ? Comme ça vous serez certaine ! » Ce qui est certain, c'est que tout le quartier est maintenant au courant, merci, madame. Elle est remontée à l'appartement en quatrième vitesse, comme si elle était suivie ou observée. Elle s'est enfermée dans les toilettes. Alors que François était au travail, qu'il n'allait pas revenir avant plusieurs heures. Elle a fait pipi sur l'embout après avoir ôté le bouchon, sorte de stylo en plastique qui ne permet pas d'écrire, mais de lire si tu es enceinte ou non. Qui dira la bizarrerie de la position dans laquelle on découvre qu'on est enceinte ? Assise, le pantalon aux chevilles, la main qui agite encore le test comme un éventail, qu'on regarde une fois, qu'on agite encore, qu'on regarde à nouveau, nouveau mouvement de poignet, qu'on regarde une troisième fois, et là, effectivement, il n'y a plus de doute possible. Ce serait quand même plus gracieux de souffler sur quelque chose, non ? Enfin, ça ne fait qu'annoncer la suite des réjouissances, les examens, l'accouchement, tout un tas de choses dans des situations confortables et valorisantes. Deux barres bleues, bien définies, dans la fenêtre (comme ils disaient dans le mode d'emploi ; elle n'avouera jamais qu'elle a regardé la vitre de la salle de bains avant de se rendre compte de son erreur), tout bien comme il faut. Et maintenant, elle doit partager cette certitude avec lui.

Il faut des mots directs. Éviter les images. Dire la vérité crue.

Elle se souvient du jour où sa mère lui a expliqué les règles avec un petit nid qui se faisait chaque mois, des œufs dedans, et le petit nid qui se déconstruisait et s'évacuait si le papa oiseau ne passait pas par là. C'était ça les règles. Elle n'avait rien compris. L'analogie ne s'était pas faite entre ce qui se passait dans son corps et cette histoire de volatiles. Le « Tu saignes et ce sera comme ça tous les mois » de sa meilleure amie avait été plus efficace.

Mais quels mots ?

Ou alors pas de mots et sortir le test et le lui mettre devant les yeux. Enfin c'est quand même de la pisse là-dedans, qui imprègne le bâtonnet. Ça reviendrait donc à lui mettre de l'urine sous le nez dans un restaurant. Non pas que cela soit si select ici, mais enfin tout de même. Elle se penche et attrape l'objet dans son sac. Le toucher le rend plus réel. Derrière elle, une femme se penche aussi vers son sac, par mimétisme sans doute. Ses doigts ressentent la dureté du plastique. Oui, elle ne rêve pas.

— Tu cherches quelque chose, ma chérie ?

Elle relève la tête de son sac. L'autruche, ça ne marche qu'un temps. À un moment, il faut toujours se redresser et affronter le regard et les questions des gens.

— Non, non, rien du tout. Ne t'inquiète pas, tout va bien.

— Je ne m'inquiète pas. Tu as besoin d'un mouchoir ?

— Oui, exactement, c'est tout à fait ça, j'ai besoin d'un mouchoir. Merci beaucoup. C'est toujours très utile un mouchoir.

Comment pourrait-il vouloir d'un enfant avec elle ? Elle est si empêtrée dans l'existence. Si approximative. Qui voudrait faire un enfant avec une fille qui dit « C'est toujours très utile un mouchoir » ? Une phrase si vide, si inutile.

Quelle pensée peut se déployer dans le cerveau d'une fille qui dit « C'est toujours très utile un mouchoir » ?

Pourtant, il ne s'est jamais plaint du nébuleux qui l'entoure. Il trouve même cela « craquant », lui a-t-il certifié un jour. Qu'elle pense toujours à autre chose. Qu'elle prenne le métro dans l'autre sens. Qu'elle se mette à lire au milieu d'une fête. Qu'elle soit là sans y être vraiment. Qu'elle bloque sur certains mots. Qu'elle parle à quelqu'un longtemps sans avoir même songé à savoir quel est son nom. Qu'elle fasse de drôles d'analogies. Qu'elle imagine que ce serait mieux de faire des tests de grossesse où l'on souffle dessus. Qu'elle confonde sa droite et sa gauche. Qu'elle soit sensible à la forme des nuages et à la direction du vent. Qu'elle mette des Post-it partout pour se souvenir des choses. Qu'elle aime le brouillard. Qu'elle récite l'alphabet à rebours. Qu'elle coince ses jupes longues dans les rayons de son vélo. Qu'elle fasse des repas de desserts. Qu'elle traverse sans regarder. Qu'elle emporte toujours son maillot de bain, on ne sait jamais, s'il y a une rivière dans le coin. Qu'elle skie la bouche ouverte pour attraper les flocons de neige. Qu'elle se reprenne sans cesse quand elle parle, qu'elle donne d'autres mots, des synonymes, qu'elle précise, explique, que ses phrases soient si longues. Qu'elle ait besoin de ses mains, du coup, pour étayer son discours et ses détours. Qu'elle se cache les yeux quand elle a honte d'avoir dit ou fait quelque chose. Qu'elle oublie systématiquement ses parapluies là où elle va, elle doit en être à son quarantième, d'ailleurs elle oublie beaucoup de choses, comme elle a oublié de prendre sa pilule, et voilà où elle en est. Il a l'air de tout aimer, ou du moins de prendre tout, sans jamais chercher à la changer. C'est rare. Son amour est miraculeux.

La femme qui se penchait vers son sac l'a finalement pris et elle s'en va. Elle est toute pâle, pas très vaillante, on sent que sa décision lui coûte. Est-ce un signe ? Est-ce qu'elle doit faire comme elle ? A-t-on placé à dessein cette personne dans ce restaurant ce soir à une place très proche de la sienne pour qu'elle parte elle aussi ?

Il ne va pas bien prendre la nouvelle. Il n'est pas prêt. Leur couple va s'effondrer. Alors que si elle quitte la brasserie maintenant, elle peut encore sauver quelque chose. Elle croit aux signes. Elle y a toujours cru. Le jour où elle l'a rencontré, à la petite épicerie du monsieur qui est tout seul, là, au milieu, à manger ses entrecôtes (comme elle a faim !), la radio a passé pile au moment où il apparaissait devant les légumes une de ses chansons fétiches : « Ma préférence » de Julien Clerc (oui, bon, elle sait). Son cœur a battu la chamade, elle a lâché ses pommes, qui ont roulé vers lui, et comme dans une bonne comédie romantique, les choses étaient en place et il n'y avait plus qu'à dérouler le tapis de pétales de roses. Et même ces haruspices modernes, qu'elle lui dévoile parfois, lui plaisent, alors qu'il est très rationnel comme garçon. Non, c'est la bonne personne, il peut tout entendre.

— Tu as l'air bizarre. Ça va ? demande-t-il.

— Tout à fait.

Elle a toujours détesté les gens qui disent « tout à fait » plutôt que « oui ». Elle trouve ces trois mots inutilement pédants. Elle aime la franchise, la simplicité et la force d'un petit « oui ». Et la voilà qui s'égare elle-même dans le champ de la préciosité, de l'inutilement complexe. Dans un dialogue écrit, le « oui » se remplace, se varie, pour éviter les répétitions. Mais elle est dans la vraie vie, elle peut répéter « oui » dix fois de suite si ça lui chante. Elle s'attend à s'entendre dire « parfaitement » à la prochaine question. Mais ce n'est pas possible ! Ressaisis-toi !

La serveuse apporte les menus. Enfin ! Quoique maintenant, elle n'a plus tellement faim, c'est bizarre, ça lui a passé. Trop de questions, sans doute. Deux grandes cartes en Skaï assorties aux banquettes et au rideau cramoisi de l'entrée. Elle s'y noie. Elle n'arrive jamais à choisir, de toute façon. Tout lui fait envie et la rebute en même temps. Elle regarde les assiettes alentour pour se donner des idées, c'est pire encore. Son indécision gonfle. Elle fixe les lithographies campagnardes au mur. Des vaches. De l'herbe. Un steak tartare ? Un bifteck saignant ? Une salade composée ?

— Bon, tu prends quoi ? demande-t-il en baissant la carte d'un geste lent et doux pour voir son visage.

Rien à voir avec la hargne de celui qui vient d'être quitté à la table d'à côté. Non, François la connaît bien, il sait aller la chercher avec précaution là où elle se cache.

Elle prend quoi ? Elle en prend pour perpèt ! Un enfant, ça ne se rend pas. On l'a pour toujours. Et même au-delà de sa propre présence terrestre si les choses se passent bien. Il nous survit. Et s'il meurt avant eux ? S'ils le perdent ? On ne se remet jamais de la perte d'un enfant. Non, c'est trop, elle ne va pas y arriver.

— Plutôt viande ou poisson ?

Il pose patiemment les questions, même sans recevoir de réponses. C'est tout lui. Il avance. Il enchaîne. Il est le moteur du couple. Heureusement qu'il est là, sinon il ne se passerait rien. Enfin, pas tout à fait ce soir, mais bon. C'est son côté ingénieur. Il prend des décisions, il met les choses en place, il fait en sorte qu'elles fonctionnent, il est pragmatique. Il est grand, il est beau, il est brun, il a de grandes mains qui s'emparent bien des objets, qui ne les lâchent pas, il a un corps solide qui tient bon dans la tempête, il a un esprit efficace qui dépêtre le réel et en voit les trésors. Elle a vraiment de la chance. Est-ce que lui en a avec elle ?

— Lili, plutôt viande ou poisson ? répète-t-il.

Oui, fille ou garçon ? Elle se verrait bien avec un garçon. Quitte à être dans l'altérité, faire sortir un autre de soi, elle préfère qu'il soit vraiment autre, du sexe opposé. Comme ça elle n'aura pas à expliquer les règles, tiens, ni à dire quelles précautions il faut prendre pour ne pas tomber enceinte. Non, elle ne va pas tomber là-dedans quand même ! Ces femmes qui s'enorgueillissent d'avoir fait l'héritier. Qui œuvrent à l'humiliation de leur propre genre en le reléguant au rang inférieur. Non, elle préférerait une fille finalement. Oui. Et elle lui apprendrait tout ce qu'elle sait de la vie, c'est-à-dire pas grand-chose.

— Hé ho ! Tu es là ? Tu es avec moi ?

Il agite sa main devant ses yeux. Il lui fait coucou de très près. Il lui rappelle sa présence. Il fait cela souvent pour la rappeler à la réalité. Un petit signe doux, comme une caresse à distance. Est-ce qu'elle est avec lui ? Oui, enfin elle croit. Ils n'habitent pas ensemble, mais ils sont ensemble. Enfin elle croit. Ils ne se le sont jamais dit comme ça : « Je suis avec toi. » Ou : « Nous sommes ensemble. » Mais de fait, depuis un an, ils font tout à deux, leurs amis sont communs, ils connaissent la famille de l'autre et, une fois par mois, ils vont tantôt chez ses parents à elle, tantôt chez ses parents à lui. Ça fait même limite couple pépère. Oui, voilà, ils sont un couple, une entité à quatre bras et quatre jambes, un être boule aristotélicien qui roule partout. Où l'un va, l'autre l'emporte. Oui, elle est avec lui. Mais un enfant est un futur. Sera-t-elle encore avec lui dans quelques minutes quand il saura ? Ils en étaient plutôt au jour le jour, pas de projets, qui vivra verra. Les heures passées ensemble appelaient d'autres heures à passer ensemble sans qu'il y ait question. Le doute surgit ce soir. Il ternit l'évidence. Comment va-t-il réagir quand elle va lui apprendre l'heureuse nouvelle, comme on dit ?

— Aurélie chérie, il s'agit juste de choisir un plat. Pas de décider quelque chose qui engagerait ton existence tout entière, dit-il avec un grand sourire. Et puis on reviendra pour goûter tous les plats que tu n'as pas choisis ce soir, si tu veux.

S'il savait ! Qu'il est vraiment question de choix qui engage l'existence entière, précisément. Elle ne fait pas les choses dans l'ordre. Mais est-ce qu'il y a un ordre, en fait ? Elle n'a jamais procédé comme il faut. Elle a commencé à se laver les dents avant de manger des bonbons, cela fait partie de la mythologie familiale. Et elle a plongé avant de savoir nager. Elle a joué du piano avant de connaître les notes. Bref, l'ordre, ce n'est pas son fort. Et là, clairement, elle a mis la charrue avant les bœufs. Un enfant avant un engagement. Un bébé sans mariage (même si le mariage, elle n'y tient pas plus que cela). Un petit être en route alors qu'ils ne vivent même pas ensemble. Du désordre. Du désordre.

Il prend sa main. Ça fait comme une décharge électrique.

— Tu as des doutes, c'est ça ? À cause de la femme qui vient de partir ? Non, mais je t'assure, c'est bon ici. Je suis venu une fois avec mes parents et on a super bien mangé. Tu peux y aller, fais-moi confiance !

Voilà, exactement. Lui faire confiance. Il en est digne. Jamais un mensonge ou un coup par-derrière. Alors qu'elle lui fait un enfant dans le dos, car c'est bien ce dont il s'agit. Lui si probe, si honnête. Elle n'est pas à la hauteur.

Quelle mère elle sera ? Est-ce qu'elle saura ? Elle n'a jamais fait de baby-sitting ; comment s'en sortir avec les biberons, les couches, les petits pots, les poussettes ? Elle est fille unique. Pas de petit frère ou de petite sœur pour se faire la main. Elle n'a jamais eu à s'occuper de quelqu'un d'autre qu'elle-même.

Et lui, comme père ? Ça va donner quoi ? Avec ses lunettes ? Ses grands membres ? Un père araignée. Mais si, il saura, c'est sûr. Son bon sourire apaisera l'enfant. Elle sera une mère médiocre, il sera un père fantastique. Ah, mais elle ignore s'il y a des maladies dans sa famille. Elle n'a jamais demandé.

Bon, arrêter le délire. Se calmer.

— Excuse-moi, dit-elle. Je dois aller là où même le roi va seul.

Il sourit. Elle prend son sac et se dirige vers les toilettes.

La serveuse y est. Avec une fille élégante, belle, parfaite.

Elle se réfugie dans une cabine. Elle ressort le test de son sac. Les deux barres bleues sont toujours là. Elle est encore enceinte. Rien n'a changé. La réalité est toujours la même. Elle soulève son pull et pose la main sur son ventre. Tout plat encore. Mais là-dedans il y a quelqu'un maintenant. Un petit truc. Quand elle y pense, avoir un autre en soi, quelle folie ! Être habitée, possédée, envahie ? Mais aussi être un abri, une crèche, un berceau. Sa main remonte. Elle a des seins énormes, fermes et durs. Des beaux seins en fait. Comme elle n'en a jamais eu. Ça peut être un argument auprès de lui, en fait ! Elle entend des murmures.

— Je suis désolée, mais il vient souvent ici. Et avec d'autres filles. Je préférais que vous le sachiez…

Une fille se met à pleurer. Elle ressort de sa cabine discrètement, sans avoir tiré la chasse d'eau, mince, ça fait espionne. Les deux la regardent avec insistance, d'ailleurs. Elle dit :

— Désolée, je n'ai rien entendu. Je vous assure. Je suis vraiment navrée.

Et elle s'enfuit des toilettes. Encore une de ces phrases absurdes dont elle a le secret : si elle n'a rien entendu, de quoi peut-elle se désoler ? Son empêtrement est un aveu.

Elle regagne sa table. Elle se cogne à un premier homme qui dîne avec sa femme. Oh, pourvu qu'ils ne finissent jamais ainsi, comme des bourgeois tristes et installés ! L'épicier prend aussi un coup involontaire. Elle s'excuse platement. Il sourit. Elle préférerait cette vie-là, solitaire, c'est d'ailleurs vers cela qu'elle court, avec toute sa maladresse et ses bifurcations. Elle va tout rater, c'est sûr. Elle s'assoit, ou plutôt s'effondre, elle a envie de pleurer.

François l'accueille de son éternel bon sourire. Il est calme. Il ne sait rien. Il faut qu'elle photographie mentalement ce visage apaisé avant la tempête.

Envoyez-moi un signe. Vite. Comment savoir que c'est bien de faire un enfant avec lui ? Elle n'a jamais eu envie de faire un enfant avec quelqu'un. Elle n'a pas connu ce désir qui tiraille les entrailles, ce manque au creux du ventre que certaines décrivent, le printemps venu ou la relation installée. Elle ne se jette pas sur les nourrissons dans les fêtes de famille. Elle n'est pas émue quand on les lui met dans les bras pour les photos. Est-ce que pour le sien ce sera différent ?

Le vieillard à la table là-bas, c'était un signe ? Elle va finir seule ? Ou alors c'est pour qu'elle garde en tête leur rencontre dans son magasin ? Donc tout va bien ? Un enfant, c'est la prolongation de cet épisode inaugural dont cet homme a été le témoin ? Et dans les toilettes, la conversation entre les deux filles, signe aussi ? Pour lui montrer qu'il y a des salauds et que François n'en est pas un ? Elle s'épuise à chercher un sens. L'aiguille interprétative tourne comme une folle, elle est trop près du pôle.

— J'ai commandé du vin en t'attendant. Tu veux un verre ? demande François.

— Ah ça non ! crie-t-elle.

Le couple de la table d'à côté se tourne d'un seul mouvement vers eux. Elle baisse les yeux. Elle n'a pas contrôlé sa réaction ni son volume sonore.

— Aurélie, ça va ? Tu es sûre ?

— Oui, enfin non. Enfin je ne peux plus boire.

— Tu ne peux plus boire…

— Non, enfin si. Je peux boire de l'eau.

— Tu veux de l'eau ?

— Oui. Merci.

Il remplit son verre. L'eau descend dans son cou, dans le tuyau, elle la sent passer à l'intérieur d'elle. Jusqu'au bébé. Elle lui donne à boire, en fait, indirectement. Voilà. Et c'est à elle, maintenant, de se jeter à l'eau. Sans attendre de validation céleste ou autre. Elle doit lui parler. Il attend, patiemment. Ses yeux sont posés sur elle comme des oiseaux tranquilles. Il lance la petite chose pour enclencher l'aveu, l'invitation encourageante, il ouvre la porte :

— Aurélie, allez, dis-moi ce qui se passe.

— Il se passe un gros truc. Enfin un gros truc qui est encore tout petit.

Voilà. Elle avait dit qu'elle ferait simple. Évidemment, elle a fait compliqué. Il ne s'en offusque pas.

— D'accord. Tu peux être plus précise ? Je ne comprends pas bien…

Alors elle se penche vers son sac, elle attrape le test oblong qui est caché au fond, elle resurgit de dessous la table, et elle le lui tend :

— Voilà ! Je… Enfin tu vois…

Il reste silencieux. Il prend le test. Il regarde les deux barres bleues. Puis il la regarde elle. Puis de nouveau les barres. Et puis plus rien parce que ses yeux s'embuent.

— C'est une bonne surprise ? demande-t-elle.

Il met un moment ses deux mains devant ses yeux, comme elle fait quand elle se cache, puis il les écarte et dit :

— C'est une très bonne surprise.

Alors elle sourit. Et elle sait que tout ira bien. Avec des approximations, des bousculades, des maladresses, des obstacles, mais ça ira bien.

— J'aurais dû prendre du champagne, déclare-t-il.

— Je n'en aurais pas bu de toute façon.

— Ah oui. C'est vrai ça ! Évidemment !

Il marque un temps d'arrêt. À lui d'envisager cette nouvelle vie dont il ignorait tout quelques instants plus tôt. Une vie à trois.

— Et tu dois avoir faim ! Et on n'a pas choisi ! Enfin on va pouvoir goûter toute la carte ! Parce qu'on reviendra ! C'est obligé ! Au moins tous les ans. Ça c'est sûr qu'on reviendra ! Ah ben ça c'est sûr !

Et il rit bêtement.

Finalement, il peut parfois s'empêtrer lui aussi.

19

Des magrets, des magrets !

— Ben les mecs là-bas, tu les as épatés ! Bravo ! Ils ne parlent que de toi ! T'es un vrai mec ! Un qui cogne, qui sait se battre, un tatoué ! Tu t'es fait des copains !

Elle croque rageusement un morceau de baguette. Et fait comme Popeye, les deux bras bandés forment un large U triomphant. Il perçoit l'ironie de son attitude et de ses paroles. C'est reparti pour la valse infernale ! Il croyait avoir gagné des points, il était sûr d'être dans le positif, de s'approcher des chaleurs estivales après son intervention de justicier, et voilà qu'il redescend vers les rigueurs hivernales.

— Tu parles des mecs de la 10 ? se fait-il préciser.

— Oui, la bonne bande de beaufs, là-bas ! Un dîner d'affaires, on bâfre parce que c'est la boîte qui paye, et comme il n'y a pas de femmes, ben on se lâche. Allez, Didier, fais-nous marrer !

Elle est en colère contre la terre entière, ce n'est pas possible ! Après l'homme largué, la tablée ! Elle veut qu'il se batte contre un régiment ou quoi ?

— Ils ont eu des propos déplacés ? Encore ?

— Tu sais, c'est plus subtil que ça. Ce sont des regards, des sous-entendus. Une façon de te demander : « Alors, mademoiselle, qu'est-ce que vous nous proposez ce soir » d'un air goguenard...

— Et ils sont tous pareils ?

— Ben celui qui se permet le plus de choses, c'est le chef. Tu le vois, c'est celui-là !

Elle montre le plus gros, le plus rougeaud, le plus bruyant, le plus gesticulant. Évidemment que c'est le chef. Cela se voit, cela s'entend, il fait tout pour. Il s'habille mieux que les autres, il parle plus fort que les autres, il a un plus gros salaire que les autres. Il paiera l'addition.

— Et puis il y a ceux qui n'osent rien dire parce que c'est le patron, tu comprends, et qu'ils ne veulent pas perdre leur boulot.

Tiens, un autre gros vient de sortir une blague en bout de table. Il y a comme un silence après. Soit elle est validée par un rire tonitruant de la hiérarchie. Soit elle est refusée et son propriétaire, suant, tombe en disgrâce. Mais soudain, et enfin, le patron rit. Provoquant de nouveaux reniflements bruyants. Ouf, c'est pas passé loin pour le comique.

Le chef regarde maintenant vers eux. Et envoie un clin d'œil appuyé à Marion, complice et répugnant. Il attend les cartes. Effectivement, Cyril entend le « Alors, mademoiselle, qu'est-ce que vous nous proposez ce soir ? »... Marion s'approche de leur table et tend les menus. Cyril guette :

— Hein, mademoiselle, alors, qu'est-ce que vous avez de bon ?

Ce « mademoiselle » qui cache sous sa révérence obsolète sa véritable nature : vous êtes jeune, vous êtes une fille, vous êtes seule.

Les sourires pointent, abrités par le formalisme impeccable de la question, mais avides du jeu entre le chat et la petite souris. Mais elle est maligne, sa petite souris, Cyril le sait. Alors elle lui récite d'une façon neutre les plats du jour. Elle ne laisse pas de prise à ces histrions balourds.

— D'accord, d'accord, mais vous, vous préférez quoi ? retente le chef.

La question est déjà plus ambiguë, à dessein. Un clin d'œil la souligne, au cas où on n'aurait pas perçu la double lecture. Nouveau sourire des autres. Nouvelle tension érotique. Ah, mais vous ne l'aurez pas ! Elle est rodée à vos basses manœuvres, elle sait les déjouer !

Elle répond l'entrecôte. Elle dit même « une bonne grosse entrecôte bien grasse, bien saignante ».

Ils sont inquiets. Il y a dans son ton, et son insistance, et ces adjectifs, quelque chose qui laisse entendre qu'elle sort de l'arène. Pire, qu'ils la dégoûtent.

Que fait-il, alors, le gros chat, avec une souris récalcitrante ?

— Je vais prendre un magret alors, dit-il en fermant la carte d'un coup sec.

Il décale, il est rusé. Mais il est contrarié. Tous peuvent le noter à cette fossette qui apparaît sous sa lèvre à gauche, celle qu'ils connaissent bien, celle qui annonce les semonces, les colères. Mais il ne fait rien de tel ce soir. Il n'est pas assez en forme. Il n'est pas d'humeur. Elle lui a gâché son plaisir, la petite garce !

Et ils vont tous prendre comme lui, du coup. Six magrets. Rosés. Avec des pommes salardaises. Peut-être oseront-ils affirmer leur différence au dessert... Peut-être...

Et pour le vin, ils le laissent choisir. Pour lui redonner un peu de sa superbe. Pour passer une bonne soirée, aussi. Il s'y connaît en vin. Il a une cave incroyable ; le comptable, qui est allé une fois chez lui, a eu le privilège de la visiter. Des grands crus, des bouteilles à cinq cents euros, tout bien rangé dans des caisses en bois avec des étiquettes dessus.

Il est maniaque sur le vin. On ne lui fera pas boire de la piquette. Il choisit le plus cher. Et gare si la bouteille est bouchonnée. Il la renverra direct sans discussion. Il retrouve son arrogance. Le dîner est sauvé.

Cyril mesure ce qu'elle a à vivre, ce contre quoi elle doit se défendre. Il est là, derrière son bar, protégé par son comptoir et sa virilité. Elle est au milieu de la salle, elle passe d'une table à l'autre et elle doit faire face.

Il essaie de la réconforter en positivant de façon outrancière.

— Bon, du coup, ça va être plus simple pour Ali : six magrets ! Six fois la même assiette !

— Ce n'est pas faux... Et je vais même lui annoncer qu'il peut cracher dans les six plats. Ça leur apprendra à ces viandards ! Ils me dégoûtent. J'ai juste envie de les fuir...

Il sait. Même s'il cherche sans cesse à la rattraper.

20

Profiteroles au chocolat

Nous savions que nous devions nous quitter. Nous le savions. Mais ce soir, nous le vivons. Et de la connaissance à l'expérience, le saut ne se fait pas. Nous sommes ensemble, nous serons chacun un, et nous rechignons à prendre ce chemin vers une séparation pourtant prévue.

Tu es là, ce soir, devant moi, et je ne te reverrai plus. Les histoires d'amour ont plutôt l'éternité pour projet, le toujours pour temporalité, pour la nôtre, le terme était arrêté dès le premier jour. Je restais ici à Paris trois mois, cela durerait trois mois.

Ma mission dans cette entreprise s'est terminée ce matin. Les mots se jouent de nous. Étais-je également missionné pour te plaire ? Et pourquoi t'ai-je entrepris ?

La serveuse s'approche et nous demande ce que nous souhaitons boire. Elle a un sourire franc, sans arrière-pensée ni jugement. C'est si rare. Envers des gens « comme nous ». Il y a souvent un rictus, un recul, une gêne, une envie d'en finir vite. Rien de tel chez cette charmante jeune femme. Je commande deux coupes de champagne. Paradoxalement, nous allons fêter ce dernier dîner en tête-à-tête. Nous allons nous réjouir du heureux hasard qui nous a mis en présence l'un de l'autre, même brièvement.

Je regarde ta bouche. Elle me rappelle nos baisers, le premier. Dans le bar de mon hôtel. Après un dernier verre. Nous nous tournions autour depuis des jours, nous nous jetions des regards appuyés en réunion, nous nous étions frôlés dans l'ascenseur, il n'y avait aucun doute sur nos intentions respectives, nous nous plaisions et nous l'assumions, nous déjeunions côte à côte au self avec les collègues, seuls au milieu de tous. Et puis ce soir-là, les conversations se sont faites plus intimes, l'alcool a levé les dernières réticences, et puis tu m'as raccompagné à la porte de ma chambre, à l'abri des regards, nous avons intégré la contrainte d'une pudeur forcée, tu t'es penché vers moi, et moi aussi, et nos bouches se sont trouvées. Le cliché. Je me moque que d'autres avant nous aient joué et rejoué cette scène. Pour moi, elle est unique.

Et puis notre dernier baiser tout à l'heure. Qui sera le dernier tout court. Dans ma chambre d'hôtel. Le lit est en perspective, encore visible, tout comme le souvenir de nos ébats, encore bien présent, pas encore un souvenir d'ailleurs. Un baiser qui prolongeait l'intimité récemment quittée. Un baiser de lèvres nues alors que nos corps s'étaient rhabillés. Un baiser sans pudeur, car elle gisait dans les draps bleus. Un baiser qui ne voulait pas finir, qui retenait quelque chose.

Nous venions de faire l'amour une dernière fois. Comme un malentendu. Le sexe quand on se quitte. Le sexe de la dernière fois. Qui contient toutes les autres fois. Et les clôt. Comme une acmé. Comme un regret. Qui égare. Au fait, pourquoi on se quitte, déjà ? Ce n'est pas si mal pourtant ? C'est même extraordinaire, non ! Je ne connaîtrai plus cela avec personne, je le sais, et toi aussi, tu le sais. Le sexe qui clôt, mais qui rouvre. Comme gratter une plaie. Arracher une croûte. Le plaisir un peu sadique que cela procure.

Et la souffrance qui le suit immédiatement. Le sang qui coule à nouveau. Comme une blessure et un soulagement.

Les mots sont coincés dans nos gorges. Nous ne pouvons évoquer notre passé, il est assez succinct, nous ne pouvons parler au futur, il n'en existe pas pour nous.

Tes yeux sont doux, tes yeux sont tristes.

Ils ne pleureront pas. D'ailleurs, je ne les ai jamais vus pleurer. En trois mois, il n'y a pas assez de temps pour les grands malheurs, et s'ils surgissent, on les cache pour ne pas voiler de précieux instants de félicité. Il sera toujours temps pour les larmes.

La serveuse apporte les coupes. Nous trinquons. Le bruit du cristal entrechoqué est ténu, comme notre joie, fragile, prête à se briser.

— Nous échapperons à cela, dis-je en riant.

Et je désigne le couple près des toilettes, installé, bourgeois, replet, Marie-Chantal et Charles-Henri, si on devait leur donner des prénoms. Je cherche à faire le malin. L'humour pour une sortie de scène sans fracas. Tu as la bonté d'entrer dans mon jeu sans en être dupe.

— Et moi, je ne te ferai pas connaître cette humiliation !

Tu montres à côté de nous l'homme seul et furieux que sa femme vient d'abandonner, après une longue, silencieuse et inconfortable station debout. Tu éclates d'un rire fort, aigu, faux, celui par lequel les gens nous épinglent et nous caricaturent. Il témoigne de ton malaise et de la mélancolie qui commencent à se faufiler entre nous.

Nos regards, de concert, se tournent alors inconsciemment vers ce couple à la table juste à côté de la nôtre. Le jeune homme roux qui tend la main et la pose sur celle de la jeune fille. Elle ne la retire pas. C'est leur premier geste, celui par lequel ils commencent une histoire. Nous finissons la nôtre. Nous ne commentons pas. Nous avons mal.

Les cartes nous ont été données. Avons-nous faim ? Où en est notre appétit ? Nous les ouvrons en grand devant nos visages pour nous soustraire un instant au regard triste de l'autre et nous recomposer une figure gaie. Je n'ai envie de rien. Les odeurs de viandes grillées m'incommodent. J'ai envie de bulles, de légèreté, de fraîcheur, de grignotage. Je commande trois entrées. La serveuse ne tique pas. D'habitude, ce genre de demandes originales agacent ou sont refusées. Elle acquiesce, même, c'est bon pour elle. Tu en ajoutes trois autres. Même hochement de tête. Quelle perle cette fille vraiment ! Notre table sera donc couverte de petites assiettes. Une dînette d'adieux. Voilà. Cela nous ressemble.

Tu es beau, et ce soir particulièrement. Tu es léger, même aux instants graves. Tu es élégant. Tu portes des costumes. Fluides, dans des matières souples, ils semblent virevolter autour de toi. Ils te déploient et ne t'entravent jamais. Tes chemises sont impeccables, fines, blanches ou bleues, tu n'as jamais l'air froissé sans pour autant paraître rigide. Tu les enfiles délicatement, tu les boutonnes avec lenteur et soin, et tu places le col à l'arrière en avançant le cou, un peu comme un héron. J'adore ce geste, il me fait rire et me touche en même temps. Il y aurait aussi à dire sur tes chaussettes, colorées, orange, violettes, bleu roi. C'est ta part d'enfance et de fantaisie, au milieu de ces vêtements parfaits. Tu as les cheveux blonds, ondulés, qui caressent et grattent mon cou. Tu les préfères raides, tu les coiffes avec un peigne, je les aime frisés, comme lorsque tu sors de la douche. Tes chaussures sont en cuir souple, une matière qui épouse ton pied et qui n'empêche rien, c'est ton critère. Avec elles, tu dois pouvoir trottiner, courir aussi, pour me rejoindre parfois.

De tout cela je me souviendrai.

Je suis face à toi, et je me souviens de toi. Ta présence est déjà évanescente. Ton corps inaugure sa disparition. Tu commences l'absence. Nous sommes déjà dans la nostalgie du moment que nous sommes actuellement en train de vivre. Reste encore un peu, s'il te plaît. Ne te volatilise pas trop vite.

C'est ta voix qui partira avant tout le reste. Cette voix grave et un peu monocorde. Qui peut monter dans les hauteurs quand tu ne la surveilles pas. Qui utilise des mots compliqués. Qui ne connaît pas la vulgarité. Qui ne jure pas. Qui n'emploie pas d'expressions toutes faites. Qui connaît des poèmes par cœur. Qui fait toujours le même accent quand elle doit imiter un Belge, un Chinois, un Québécois. Qui chante sous la douche. Cette voix disparaîtra. Parce qu'on ne s'appellera pas.

Ensuite j'oublierai tes gestes. Je ne verrai plus ces mains aux longs doigts serrés qui balaient l'air en soutien des mots qui sortent trop vite ou dans le mauvais ordre. Celles qui se posent parfois sur tes tempes, comme si tu voulais garder toutes tes pensées à l'intérieur de ta tête ou qui couvrent ta bouche pour marquer ta surprise et ta joie. Je garderai ta pudeur, je crois, cette première fois où tu as demandé le noir dans la chambre parce que tu disais n'avoir plus un corps de jeune homme (qu'aurais-je fait, grands dieux, d'un corps de jeune homme ? Et ton corps est magnifique, te l'ai-je assez dit ? Non, je ne le crois pas. Et ce n'est plus le moment pour ce genre d'aveu, qui rendrait les adieux encore plus difficiles), jusqu'à cette dernière fois, tout à l'heure, où j'ai pu contempler ta chair nue striée par la lumière des persiennes. « On se croirait en Italie », as-tu dit. C'est pour ce genre de phrases aussi que cela sera difficile.

Je penserai à toi souvent, je le sais. Des images de toi se faufileront aux heures d'ennui, dans les soirées moroses, au milieu des fêtes, dans des discussions creuses. Ou elles me sauteront dessus en pleine ville, dans une réunion, pendant un film. Elles m'attraperont dans les rues que nous avons arpentées ensemble, les restaurants où nous avons dîné, les cafés où nous nous sommes posés. Il faudra n'en rien laisser paraître. Je lutterai contre l'envie de tout envoyer balader.

Une histoire bornée est-elle plus intense ? Est-ce que nous avons pensé, alors que nos corps se confondaient, qu'il nous restait plus que vingt tickets de manège et que nous utilisions le dix-neuvième ?

Non. Nous étions à chaque fois parfaitement et uniquement dans nos gestes, dans nos mots, dans nos corps. Mais j'avoue que, parfois, après l'amour, s'ajoutait à cette décompression un sentiment ténu de tristesse qui se faufilait jusqu'à mes yeux.

Elle était peut-être là, la différence. Dans ce petit pincement au cœur. Dans cette certitude que nos jours étaient comptés.

Cela me fait penser aux questions idiotes du type : que feriez-vous si on vous annonçait qu'il ne vous restait que deux mois à vivre ? Comment occuperiez-vous votre sursis ? En général, la personne interrogée répond qu'elle ferait tout ce qu'elle n'a jamais osé ou pu faire : des sauts à l'élastique, des voyages à l'autre bout de la planète, nager avec des dauphins, photographier les chutes du Niagara, ah non, elle ne les photographierait pas, elle n'aurait pas l'occasion de regarder les clichés dans un album qu'elle ne pourrait pas faire. Elle retrouverait aussi des gens qu'elle n'a pas vus depuis l'enfance ou l'adolescence, son premier amour, son meilleur ami. Et enfin elle ferait ses adieux. Elle dirait aux gens qu'elle aime qu'elle les aime. Parce que dans la vraie vie qui s'écoule tranquillement, on ne prend pas le temps ni le soin de le faire. On meurt sans mots doux. Nous nous quitterons tout à l'heure, je le pense, sans mots doux.

Que restera-t-il de nous si ce n'est dans notre mémoire ? Quelques images dans les rétines de ces clients dont nous ne nous cachons pas. Cette jeune femme qui nous fixe. Ce barman qui nous observe derrière son comptoir. Ce couple là-bas qui nous réprouve de toute sa morale. Ce groupe d'hommes bruyants pour lesquels nous sommes un objet de moquerie, un repoussoir, une aberration. Non, ils ne se souviendront pas de nous. Ils sortiront d'ici et nous auront oubliés. On voit tant de gens. Nous n'existerons pour personne si ce n'est nous-mêmes. Ce sera seulement notre histoire, notre petite histoire, qui disparaîtra avec nous. Dans la réalité ne restera que notre ombre double dans les couloirs de l'hôtel ou dans le jardin du Vert-Galant où nous nous sommes promenés un soir de liesse, l'ombre de nos deux silhouettes réunies. Ou l'empreinte de nos corps dans un matelas. Ou des particules de nos peaux sur la même serviette. Nous laisserons du nébuleux, de l'infiniment petit, du vide et du creux.

Je prends ta main. Pour m'assurer de la réalité de ce que nous avons vécu. D'habitude, nous évitons les gestes d'affection en public. Pour ne pas provoquer les remarques désobligeantes. Ou que la soirée prenne un tour inattendu, dans le mauvais sens du terme. Comme le jeune homme à côté de nous, je tiens ta main. Et comme lui je ne la lâche pas. Nous picorons de notre main libre. La fourchette attrape ce qu'elle peut. Ce qui est petit et découpable sans lame. Nous sommes privés d'un outil tranchant. Nous sommes manchots, avant que d'être dépourvus de tout.

Cette image nous correspond : liés, mais par une main seulement. Empêchés dorénavant. Tu tiens ma main droite. Je garde ta main gauche. Ni ensemble tout à fait, ni libres tout à fait. Une sorte de couple bancal. Ce doit être lié à notre illégitimité.

Nous ne disons rien.

— Ton avion est à quelle heure ? demandes-tu.

Tu m'as dit que tu étais très mauvais pour les adieux. Mais qui est bon ? Qui sait faire ? J'imagine une spécialiste de la discipline, j'embrasse, un baiser bien calibré, avec suffisamment d'intensité, c'est tout de même un dernier baiser, qui doit laisser un souvenir à la hauteur, mais pas un baiser extraordinaire non plus, sinon on a envie de recommencer et on ne se quitte plus. Un baiser étudié, proportionné donc. De même que l'étreinte qui l'accompagne, intense, mais avec un peu de distance, déjà (comment réalise-t-on une telle prouesse, je l'ignore). Et que dire des larmes qui doivent affleurer, perler, mais sans envahir les yeux et dégouliner sur les joues, ça ferait sale, désordre, débordement. Et pour peu que la goutte au nez s'en mêle, on est carrément dans quelque chose d'indécent. Et de conclure par un petit signe de la main, alors que le train démarre ou que l'aimé passe la douane de l'aéroport.

Toi, tu vas partir du restaurant, tu me l'as annoncé au début du repas. Tu manges ton dessert et tu t'en vas. Et tu ne diras rien de particulier. Il n'y aura plus de mots pour nous décrire, pour nous projeter, pour nous raconter, il n'y aura plus de nous tout court. Tu ne pourras rien exprimer puisque nous n'existerons plus.

Nous allons retourner chacun dans notre petite vie. Je ne sais pas grand-chose de la tienne. Je n'ai pas cherché non plus.

Nous nous étions fixé des règles dès le début : on ne dit rien de soi. On ne se raconte pas nos passés. Nous sommes juste dans le présent d'une rencontre. On ne noue pas de nœuds supplémentaires, de goûts communs, d'enfances similaires, de névroses partagées. Juste ce qu'on vient de faire. Un petit tour et puis s'en va. Mais en fait, c'est intenable. On finit toujours par laisser voir ou comprendre quelque chose d'un peu personnel. Ne serait-ce que dans la façon de se vêtir, de se tenir, de converser. Qui dit un milieu, un caractère, des intérêts. Même en jouant les statues, immobiles et muettes, on transmet de l'information. Et puis je crois que je ne voulais pas connaître tes chaînes qui rendraient cette liaison impossible. Une « liaison ». C'est comme ça qu'on dit. Comme une communication. La liaison n'est pas bonne, je vous entends mal. Notre « liaison » était parfaite. Je comprenais ce dont tu avais envie, tu devinais ce qui me rendait fou. Pourtant, il faut rompre le lien. C'était prévu. On s'en tient au programme.

Nous allons retourner chacun dans notre petite vie, donc. Tu as dû comprendre que j'étais marié. Une bague à mon doigt, des horaires qu'on surveille, des téléphones qu'on vérifie. Tu ne m'as jamais posé de questions à ce sujet. Par pudeur, sans doute. Et par peur aussi, exposer mon engagement m'aurait éloigné de toi. Tu sais aussi sans doute que j'ai des enfants. Ils apparaissent en fond d'écran. Un garçon et une fille, « le choix du roi », comme on dit, mais je ne crois plus être le roi de quoi que ce soit, j'ai donné de sérieux coups de sécateur dans mes jardins majestueux. À aucun moment je ne me suis senti coupable de mon infidélité. Même quand je rentrais le week-end pour rejoindre ma famille. J'étais heureux de les revoir. Je n'avais pas l'impression de jouer la comédie. Et le lundi j'étais heureux de te retrouver. Là non plus je ne jouais pas. Comme si ce que je faisais la semaine n'avait rien à voir avec ce qui se passait le week-end. Comme si deux hommes différents prenaient le relais l'un de l'autre dans le même corps. Quelle schizophrénie était la mienne pour penser que ces deux êtres étaient absolument imperméables l'un à l'autre ? De quels mensonges suis-je capable de me convaincre pour tenir debout et continuer à croire que tout va bien ?

C'était la première fois que je trompais ma femme. Je ne dis pas cela pour me donner des circonstances atténuantes ou édulcorer ma faute. Non. Juste pour dire que ça n'était jamais arrivé avant, je n'en avais jamais eu envie. Et là j'en ai eu envie dès le premier jour, dès que je t'ai vu, dès que tu es entré dans la salle de réunion. Évidemment, tu étais beau. Mais ce n'était pas ça. Tu souriais. Et puis tu avais des gestes lents. Tu t'es assis bien droit et tu as regardé tout le monde attentivement. Tu prenais le temps. Et c'est suffisamment rare. Je crois que j'ai passé la réunion à te fixer. À un moment, tu as pris la parole. Tu as exposé ton plan de lancement. Sans fanfare ni trompette. Calmement, factuellement, chronologiquement. Tu décrivais les événements qui allaient se dérouler les uns après les autres ; les gens autour de la table opinaient du chef, ils avaient l'habitude de ta précision et de ta rigueur, ils étaient en confiance, ils savaient que tout allait se passer comme tu l'avais annoncé. Il n'y a que moi qui pensais qu'il y avait un gros imprévu qui venait de surgir, là, devant nous.

Quand je t'ai proposé un verre pour le soir même, tu as accueilli l'invitation avec le même naturel. Comme si cela aussi était prévu. Que cela devait advenir. Qu'on ne pouvait pas lutter. Nous n'avons pas lutté. Nous avons été maladroits, mais nous n'avons pas lutté. Je t'ai embrassé avec un peu trop de vivacité, nos dents se sont entrechoquées, j'ai pris ta tête entre mes mains. J'avais peur que tu ne disparaisses. Que tu ne t'enfuies. Déjà.

Tu appelles la serveuse pour avoir la carte des desserts. Et tu recommandes deux coupes de champagne. Tu me tires vers la joie. Tu as dû voir ces pensées qui me traversent comme des nuages noirs dans un ciel déjà gris. Tu auras toujours évité la mélancolie. Tu nous emportais vers le bonheur. Des profiteroles au chocolat. Voilà ce que tu clames quand la serveuse revient. Et tu ris. Je te suis avec une panna cotta à la mangue. Je suis plus raisonnable.

Nous allons retourner chacun dans la vie qu'on connaissait, celle qu'on maîtrisait, avant de se rencontrer. Vraiment ? Ne sommes-nous pas différents ? Cette relation ne nous a-t-elle pas changés ? Ces petites existences nous plairont-elles toujours ?

Je ferai les choses que tu m'as dit aimer faire. J'achèterai du chocolat au lait et noisettes entières, je laisserai la brosse à dents électrique quatre secondes sur chaque dent, je mettrai de la crème sur mes mains, j'entrerai dans les églises, je roulerai en Vespa, je ferai attention à la propreté de mes chaussures, car on juge un homme d'après elles, je parlerai aux enfants en me mettant à leur hauteur, je lirai Nancy Huston, j'enlèverai mes chaussettes pour faire l'amour, je boirai du Ruinart, je jouerai au tennis, je danserai, j'oserai dire ce que j'éprouve, j'écouterai même Vincent Delerm, je penserai chaque soir à trois belles choses qui me sont arrivées dans la journée avant de m'endormir. Et tu n'en feras plus partie.

On pourrait changer les choses. Je pourrais ne pas rentrer. Ne peut-on décider de telles choses ? Le destin ne se prend-il pas en main ? À quoi ça sert tout ça si je te perds ?

Et si je te choisis et que je change de vie ?

Les desserts arrivent. Tu croques avec délice dans ton chou glacé nimbé de chocolat. Je ne touche pas ma panna cotta.

— Dépêche-toi, tu vas rater ton avion ! me glisses-tu.

— Oui, tu as raison.

Je glisse un morceau gluant de mon dessert dans ma bouche. J'ai l'impression qu'il est salé.

21

Moelleux au chocolat avec bougies

— Non, Ali, ce n'est pas le moment, là ! C'est la fin du service, je ne peux pas venir t'aider ! Tout le monde arrive pour payer, là, vraiment, pas maintenant !

— Si !

— Mais quoi encore ? Qu'est-ce qui se passe ? T'as pas prévu assez ? Les gens ont fini, ne t'inquiète pas ! Ils en sont tous au dessert, je t'assure ! OK, OK, je viens. Arrête de faire ton air de petit chat abandonné, tu sais parfaitement que ça marche trop bien avec moi !

Quand il revient, les lumières ont baissé dans le restaurant. Merde, encore un problème électrique ! Quand ils lancent les lave-vaisselle en cuisine, parfois ça baisse l'intensité dans la salle. Il fait demi-tour quand il entend, venant du fond, un « Joyeux anniversaire » qui se traîne sur la première syllabe « Joyyyyyyy ». Ah, on fête quelqu'un. À la 6, peut-être, la femme du médecin. Tiens, non, elle le regarde, indignée, elle n'a pas du tout une tête réjouie. La 5 alors, Grégoire et Ariane qui viennent d'avoir un bébé. Oui, Ariane sourit entre ses larmes, c'est sûrement elle, qui semble à fleur de peau. Marion avance dans l'allée centrale avec un gâteau au chocolat orné de bougies. Son gâteau préféré, d'ailleurs. Ali fait aussi très bien la tarte Tatin, mais il doit avouer qu'il a un faible pour son moelleux au chocolat qui lui rappelle son enfance. Elle ne s'arrête pas à la table des jeunes parents. Elle va où, alors ? L'homme tout seul ? Ben non, il le regarde. Et Marion l'a dépassé aussi. Ben tiens, elle marche vers lui. Et s'arrête avec l'assiette à la hauteur de son visage. Elle a les yeux qui brillent. Les flammes des bougies ondulent dans ses pupilles. Elle chante d'une toute petite voix : « Joyeux anniversaire, Cyril. » Et les clients derrière elle donnent de la voix. Le veuf est debout. Les lourdauds aussi. Et la jeune fille et son père. Et le roux et son amoureuse qu'on croyait muets et dont on découvre les voix. C'est vrai, c'est son anniversaire. Il s'en est souvenu ce matin, quand sa mère a appelé, à 9 heures précises, heure à laquelle il est précisément né. C'est la seule qui soit si ponctuelle. C'est la seule qui ait assisté à sa naissance de si près aussi, il faut dire ! Il a reçu des textos de sa famille et des copains toute la journée, mais ce soir, dans la répétition des gestes et l'efficacité requise, il avait presque oublié que c'était un jour particulier.

Les bougies se consument devant lui et coulent sur le gâteau, laissant des flaques transparentes qui deviendront des conglomérats roses et bleus. Il s'émerveille. Il est fasciné par le feu. Il a cinq ans. Une petite ritournelle monte dans sa tête : elle a préparé tout cela pour lui. Avec la complicité d'Ali qui a fait diversion. Le gâteau, les bougies, les lumières, le chant, elle a préparé tout ça pour lui. Il fait un effort sur lui-même pour empêcher son menton de trembler. Et garder ses yeux bien au sec.

— Ben vas-y, souffle ! lui dit-elle en approchant le gâteau de son visage.

— Ah oui, pardon.

— Et fais un vœu avant, n'oublie pas !

Il plonge ses yeux dans les siens. Lis dans ma tête, déchiffre mon cerveau, je t'en prie. Tu sauras ce que je veux. Tu le sais déjà.

Puis il souffle. Longuement. Les bougies ne se rallument pas. Elle ne lui a pas fait cette plaisanterie-là. Les clients applaudissent. Le vieil homme avec frénésie. Un autre client vient lui taper dans le dos, une bonne bourrade, et lui dit : « C'est vraiment un jour exceptionnel ! Mais quelle soirée, mon gars, non, mais quelle soirée ! » Les viandards aux magrets sifflent, crient, apostrophent, lèvent leur verre, bref, font un sacré boucan. Cyril sourit dans le vague. Oui, pourquoi pas, enfin, un jour exceptionnel ? C'est ce qu'il a appelé de ses vœux. Il glisse à Marion qui a reposé le gâteau sur le comptoir et en ôte les bougies une à une :

— Dis donc, c'est gentil ça ! Mais tu as su comment que c'était aujourd'hui ?

— J'ai fouillé dans tes affaires, lui répond-elle tout de go, les yeux dans les yeux. J'ai regardé tes papiers, ta carte d'identité en particulier. D'ailleurs, la tête que tu as là-dessus !

Il blêmit et avale sa salive.

— Non, c'est une blague, rectifie-t-elle en lui donnant une petite tape sur la joue. Je ne fouille jamais dans les affaires des gens, c'est un principe.

Il reprend des couleurs.

— Allez, mange-moi ça ! Tu l'as bien mérité !

Il prend l'assiette qu'elle lui tend et attaque le gâteau à la cuillère. Le chocolat fond dans sa bouche. Son enfance affleure. Il est vraiment doué, Ali. Et Marion est vraiment surprenante. Et émouvante. Il faut que ce jour soit exceptionnel !

22

Île flottante

— Ah ! Première sortie sans Léon ! Comme avant !

Grégoire s'installe sur sa chaise, il se jette dessus, il saute même. Oui, il est primesautier, c'est cela. Son corps est souple, ses gestes déliés, rien ne le brime, rien ne l'empêche. Elle s'assoit lentement sur la sienne. Elle a encore mal au dos. Et entre les jambes. Et elle se sent si grosse ! Si flasque ! Vide et encore pleine des plis que lui a laissés cette intrusion, cette occupation. Et pourtant elle ne mange presque plus. Mais ça ne part pas. Elle a accumulé. Elle pensait qu'en sortant de la maternité, elle rentrerait dans ses vêtements d'avant. Quelle naïveté ! Elle a réenfilé son pantalon de grossesse dans lequel elle était arrivée en pleurant.

Depuis un mois qu'il est né, elle dérive, elle divague, elle s'éloigne. Alors, pour se raccrocher à cette réalité qui la déserte, elle fait des listes. Cela lui est venu le lendemain de l'accouchement. Dans cette chambre inconnue qui sentait le détergent, la soupe et les excréments d'enfants, elle a listé ses odeurs préférées : l'herbe coupée, le gâteau au chocolat qui cuit dans le four, l'immortelle dans les dunes, les algues, la laque Elnett, n'importe quoi après la pluie, Mûre et Musc de l'Artisan parfumeur, le cou de Grégoire, la framboise écrasée. Depuis, elle fait des listes tout le temps. Pour tenir. Des énumérations qui la raccrochent à la réalité. Qui structurent sa pensée, l'empêchent de s'envoler dans les airs comme un ballon qu'on lâche.

— On n'est pas bien là, tous les deux, ma chérie ?

Grégoire s'agite, se retourne, observe, parle, dit son contentement. Il extériorise. Elle garde tout. Son ressentiment est sa nouvelle grossesse. Elle ressasse et s'empoisonne. Son lait tourne. Elle est prisonnière d'elle-même et de son esprit qui déraille.

— Tu as faim ? Tu as envie de quoi ?

Elle veut maigrir vite, ne mange pas suffisamment, elle n'a pas assez de lait et le bébé pleure. Il pleure tant. On dit qu'à cet âge-là ils dorment 20 heures sur 24, elle ne croit pas, non. Ou alors c'est comme la météo, il y a une différence entre le bébé réel et le bébé ressenti : le sien ne dort pas et pleure tout le temps. Elle se promène pourtant avec lui rivé à son corps en permanence, collé à son ventre dans le porte-bébé. Car dès qu'elle le pose, il hurle. Alors elle ne le pose plus. Du coup, ce soir, elle a comme un manque, elle n'a rien dans sa poche de kangourou, elle se sent délestée, nue, alors qu'elle aspirait tant à cette soirée sans son vampire miniature, alors qu'elle rêvait d'intimité avec Grégoire. Elle ressent à leur paroxysme des injonctions incompatibles : avec le bébé c'est impossible, sans lui également. Elle est happée par la folie et le néant.

C'était quoi la question déjà ? Ah oui, a-t-elle faim ? Elle ne sait pas. Bon, la liste de ses plats préférés : le steak tartare, l'opéra, l'andouillette sauce moutarde, le gratin dauphinois, le kouign-amann, les œufs cocotte. Il y a des œufs ici ? Elle ne sait plus. C'est ça qu'elle va prendre, c'est bien !

— Ça va ? Tu es contente ? Une soirée en amoureux, ça faisait longtemps, hein !

En amoureux. Oui, ils étaient amoureux. Ils avaient la vie devant eux. Ils allaient avoir un petit bébé qui leur ressemblerait. Ils l'avaient décidé. Ils allaient être trois. Ils sont trois. Et le bonheur projeté n'est pas au rendez-vous. Et la plénitude tant attendue fait défaut. Elle n'éprouve plus rien. Elle est anesthésiée. Une péridurale généralisée et ininterrompue. Ses sentiments sont périphériques. Ils tournent autour d'elle sans qu'elle les attrape jamais. Comme la serveuse dans cette salle de restaurant. Comme tous les gens autour d'elle ce soir. Ils vont, ils viennent, elle ne les connaît pas, elle ne les retient pas.

— Tiens, regarde, Cyril vient nous dire bonjour.

— Salut, les amoureux !

Décidément ! Ça ne se voit donc pas qu'elle est vide d'amour, insensible, désœuvrée ! Ou les gens le constatent, mais n'osent pas l'évoquer, ils sont bien élevés. Comment prendrait-elle un « Tu as l'air si fatiguée, si désespérée ! » ? Non, évidemment, les gens ne peuvent rien dire. Et puis Cyril est un gentil. Elle venait manger ici seule, à la fin de sa grossesse, le soir quand Grégoire était en déplacement. Il l'installait au bar, près du pain, et lui servait des croque-monsieur. Elle en mangeait jusqu'à trois. Des envies de femme enceinte, comme on dit. Ça le faisait marrer, Cyril. Elle était normale à l'époque. Dans les standards, dans les attendus. C'est à la naissance qu'elle a commencé à sortir des clous.

Elle sourit timidement. Elle n'a pas envie de mentir à Cyril. S'il est fin, et il l'est, il saura voir qu'elle n'est pas la jeune mère épanouie qu'il faudrait qu'elle soit.

— Et le bébé, il va bien ?

Tiens, Cyril est comme elle, il ne l'appelle pas par son prénom. Bon, lui, il a une excuse. Il ne le connaît pas. Ou il ne l'a pas retenu. Mais elle, elle n'y arrive pas. Pour elle, il n'est pas vraiment une personne avec un nom. Il est le bébé, celui qui l'empêche de dormir, celui qui pompe son lait et son énergie, celui qui ne sait à peu près rien faire et qui prend toute la place. Le bébé. Oui, celui-là.

Grégoire sort son téléphone et montre une photo à Cyril.

— Il est beau, hein ! assène Grégoire, faisant barrage à une éventuelle critique qui de toute façon ne pourrait avoir lieu. Qui oserait dire à de jeunes parents : « Il a quand même une drôle de tête, non ? »

Alors oui, il est beau. Il est même parfait. Mais il est vorace aussi. Et agité. Et incompréhensible. Et chronophage. Et fragile. Et dépendant. Si Grégoire pouvait entendre ses pensées, il la quitterait.

— Et il pète la forme, notre Léon ! ajoute Grégoire avec enthousiasme. Tu verrais comme il mange ! Il est goulu ! C'est un futur client pour toi ! Faudra fournir, mon vieux !

Grégoire fait de l'humour. Grégoire est joyeux. Il se projette. Tout ce dont elle est incapable. Elle ne rit plus. Elle pleure. Elle n'a jamais autant pleuré. Les hormones, d'accord, mais il n'y a pas que ça. Elle passe des journées avec son petit dans les bras à s'apitoyer sur la vie terrible qui s'offre à lui avec une mère pareille, à contempler ce qu'elle est en train d'abîmer, de gâcher. Elle ne voit plus le jour après la nuit, l'éclaircie après l'orage, la chaleur après le froid. Chaque heure est une montagne. Il n'y a pas d'autre avenir que de la gravir. Et de voir se dresser une autre montagne juste après.

Cyril est derrière sa chaise. Il pose la main sur son épaule, comme ça, l'air de rien. Il comprend tout. Elle se met à pleurer silencieusement. Grégoire ne voit rien. Il est si sûr qu'elle est aussi heureuse que lui.

— Et ça avance avec elle ?

Grégoire désigne la serveuse du menton.

— Certains soirs ça avance, certains soirs ça recule, répond Cyril, embarrassé.

Cyril et sa pudeur. Les choses n'ont pas changé. La vie continue pour les autres. Ils tombent amoureux, ils mangent dans des restaurants, ils draguent des filles, ils patinent dans leurs histoires, ils n'osent pas, ils tentent. Et elle reste sur le quai. Voilà. Ce restaurant, c'est elle. Au bord du canal Saint-Martin. Les bateaux passent, les écluses s'ouvrent et se ferment, les vélos circulent, les voitures accélèrent, les gens se promènent, et elle reste là, immobile, à regarder. Elle est arrimée à la berge. Elle est au spectacle. Qui se déploie sans elle.

Parfois, si le bébé dort sur elle, elle s'assoit dans le canapé et essaie de se souvenir : c'était comment avant ? Elle faisait quoi ? Comment elle remplissait ses journées ? Elle allait au travail. Elle voyait des collègues, ils se racontaient leurs histoires, ils riaient. Le soir, elle retrouvait Grégoire. Ils sortaient, ils prenaient des verres, ils allaient au cinéma, au concert. C'était sa vie, elle était pleine et elle lui plaisait. Et encore avant, quand elle était seule, avant Grégoire ? C'était un peu plus triste : il n'y avait personne le matin pour la réveiller avec un café chaud. Le soir, elle se glissait dans un lit froid, du côté qu'elle voulait. La radio parlait en continu pour lui tenir compagnie. Elle remplissait méticuleusement son frigo et n'espérait pas de bons petits plats qui l'attendraient, sauf ceux qu'elle préparerait elle-même. Elle ne racontait sa journée et ses menus détails à personne. Elle avait peur de rester une vieille fille toute sa vie. Il n'y avait que son odeur partout. Elle fumait comme un sapeur. Mais c'était bien quand même. Elle faisait ce dont elle avait envie, quand elle en avait envie. Elle ne prenait en compte que son emploi du temps, son énergie, son désir.

Aujourd'hui, elle est seule à nouveau. Seule à trois. À longueur de journée. Seule. Grégoire part le matin et elle voudrait le supplier de rester. Mais il ne comprendrait pas. Après tout, elle n'a qu'à s'occuper de leur bébé à la maison chaque heure du jour. C'est du temps béni, des instants précieux. Il l'envie, dit-il. Mais sa place, elle la lui donne volontiers.

En fait, le bébé lui fait peur. Il est tout petit, tout inoffensif. Mais il la terrorise. Et c'est précisément sa petitesse et sa fragilité qui l'effraient. Car elles requièrent, elles appellent sa compétence, son attention, son talent. Et elle n'en a pas. Elle ne comprend pas, elle ne sait pas faire, elle n'y arrive pas.

Attention, elle fait illusion : elle a les bons gestes, elle change, elle berce, elle nourrit, elle baigne, elle console, elle promène, elle chantonne, elle câline. Pour remplir ce face-à-face où elle s'épuise et où elle perd pied. Pour sortir de la terreur. Elle fonctionne, elle bouge, mais sa tendresse et son intérêt sont ailleurs, bien cachés au fond d'elle-même. Si elle les libérait, ils l'attaqueraient avec cet argument implacable : ce petit être auquel tu t'attaches peut disparaître à tout instant, retourner au néant dont il est venu. Il est déjà assez vieux pour mourir. Ne l'aime pas trop, tu peux le perdre.

Cyril regagne son bar. De quoi ont-ils parlé avec Grégoire ? Elle n'a rien écouté. Elle est encore partie à la dérive. Il faut qu'elle se raccroche à quelque chose. Elle observe autour d'elle. Elle ne reconnaît personne. Bon, la liste de ce qu'elle aime regarder dans la vie : les joggeurs au parc, la mer, les bandes-annonces au cinéma, une cour de récré, le feu, les livres de Sempé, le vent dans les herbes des dunes, les bibliothèques des gens, les ballets russes, Glenn Gould jouer au piano.

La serveuse, comment s'appelle-t-elle déjà, Marion, ah oui, c'est ça, s'approche avec les cartes. Elle l'apprécie. Elle est gentille. Et très jolie. Et mince, si mince, comme elle avant. Elle leur tend les menus avec douceur.

Elle voudrait juste boire. Et boire beaucoup. La liste de ses boissons préférées : le gin tonic, le saint-joseph, l'amaretto, la liqueur de framboise, le thé vert à l'amande, le jus de pamplemousse, une piña colada. Ah oui, une bonne piña colada ! Mais elle allaite. Elle n'en a pas le droit. Les interdits se prolongent. Après le camembert, l'alcool, les sushis, les rillettes, les cigarettes, pour faire court, voilà que maintenant encore elle n'est pas libre de manger ni de boire ce qu'elle voudrait. Son corps ne lui appartient toujours pas. Après la souffrance de l'accouchement elle ne peut toujours pas le récupérer. Elle a besoin d'alcool. Pour oublier. Se noyer. Disparaître.

Grégoire se commande une bière et une carafe d'eau pour elle. Il élude son désir. Elle ne boit pas puisqu'elle allaite. C'est aussi simple que cela. Il décide pour elle. C'est aussi elle l'enfant, d'une certaine façon, comme si l'avoir porté établissait une identité de situation et une négation de son libre arbitre. Il y a des moments, comme celui-ci, où elle déteste violemment Grégoire. Cela ne lui était jamais arrivé auparavant.

Elle attend tout de lui. Il est sa compagnie, son soutien, sa fenêtre sur l'extérieur. Le soir, quand il rentre, elle lui saute à la gorge. Raconte-moi le monde. Dis-moi qu'il existe encore. Que les gens continuent à vivre normalement. Elle navigue dans un autre temps. Qui n'a pas les mêmes contraintes ni tout simplement la même réalité : toutes les trois heures, quelqu'un a faim d'elle. Elle respire pour un autre.

Elle attend Grégoire et elle le hait. Car son existence à lui n'a pas changé. Si ce n'est en bien, en surcroît. Alors qu'elle ne retrouve plus la sienne. Elle l'a égarée dans les couloirs de la maternité. Elle ne savait pas que ce serait ainsi. On ne lui avait rien dit. Avoir un enfant. Le mettre au monde. Aucune femme n'a partagé son expérience avec elle. Le silence des mères. Ce complot tacite pour que l'espèce perdure.

Oui, elle le déteste. Elle lui en veut de la laisser ainsi tout le jour. L'écart se creuse entre eux. Il n'y a pas de trio. Cet enfant, ils l'ont voulu ensemble et elle est seule avec lui, sans soutien ni secours. Il dépend entièrement d'elle. Si elle ne fait rien, il meurt. Si elle fuit, elle le tue. Elle ne peut pas jeter l'éponge. Elle ne peut pas baisser les bras. Il ne sait rien faire seul. C'est fou cette dépendance. Elle lui donne son corps, son temps, son lait. Grégoire n'a donné que des graines, une petite graine même, ses bras de temps en temps, des risettes aussi, des guilis, des poutous, bref, de l'accessoire. Aucun équilibre dans cette triade, une relation compliquée entre un nourrisson et une mère, auquel un père assiste, impuissant.

Et les rares moments où il intervient, il se débrouille bien. Il prend le bébé avec naturel, sans crainte. Elle le tient dans ses bras en pleurant. Il est doué. Elle est nulle. Elle va le gâcher. Lui si parfait, si petit, mais si achevé, elle ne peut que lui faire du mal. Elle est jalouse de Grégoire, de son aisance.

Elle le déteste. Tiens, la liste des choses qu'elle déteste vraiment : regarder les films en VF, les gens qui portent une chevalière, ceux qui mettent des chaussettes de tennis dans des chaussures de ville, laisser la télé allumée en continu, la langue de bœuf, les hommes bruyants et lourdauds comme le groupe là-bas près de l'entrée du restaurant, les cactus, les grosses motos.

— Vous avez fait votre choix ?

La serveuse. Elle l'avait oubliée.

— Je n'ai pas regardé, excusez-moi, répond-elle, affolée.

Elle ne peut plus lire un article. Un livre, elle n'en parle même pas. Elle n'arrive plus à se concentrer. Elle parcourt le menu. Entrées : Œufs en meurette, terrine du chef, carpaccio de tomates, soupe de potimarron… Qu'est-ce qu'elle va prendre ?

— Ce n'est pas grave, prenez votre temps ! répond la serveuse.

Il y a quand même des gens gentils. Autour d'elle. Elle pourrait leur confier le bébé. Pas les types de l'entrée, les six qui rient grassement. Mais la serveuse, elle est si prévenante. Ou les bourgeois là-bas près des toilettes, bobonne et bonbon. Ils savent faire. Ils en ont eu plein. Un de plus ne les détruira pas. Ou ce vieil homme seul, un nourrisson comblera sa solitude. Ou le couple homo derrière eux, elle est certaine qu'ils s'en occuperaient parfaitement. Et pourquoi pas ce petit couple à leur gauche ? Ben justement, elle vient de sortir de son sac un test de grossesse, ça ferait un petit frère ou une petite sœur au bébé. Elle le leur laisse volontiers.

Grégoire a vu également le test. Il lui fait un clin d'œil. Il se souvient du jour où tout a changé pour eux. De sa mise en scène : un troisième couvert, et un ours en peluche énorme assis à table avec eux. Il l'a soulevée dans les airs. Elle s'est sentie belle, aimée. Aujourd'hui elle est moche, son ventre pend, les gens croient qu'elle est toujours enceinte.

C'est reparti pour les divagations. Allez, tant qu'à faire, la liste des endroits où elle aimerait aller : le Mont-Saint-Michel, Petra en Jordanie, pour voir si ça ressemble à Indiana Jones, le Taj Mahal, les rivières du Montana, pour voir si ça ressemble à *Et au milieu coule une rivière*, la Toscane, sur une route en terre bordée de cyprès, à Olympie au printemps, pour voir la nature s'entremêler aux ruines.

Soudain la lumière diminue dans le restaurant, les conversations s'atténuent, quelque chose se prépare, un chant s'élève, un gâteau se transporte vers le bar, où Cyril, les yeux écarquillés, vient le recevoir. La serveuse le porte sans triomphe, avec gêne et fermeté. L'assistance chante « Joyeux anniversaire » sur différentes tonalités qui s'accordent mal. Elle ne parvient pas à faire entendre sa voix de concert avec eux, elle est ailleurs, mais des émanations de joie et de fraternité lui parviennent et réchauffent son cœur. Grégoire hurle.

Puis l'enthousiasme redescend, Cyril a soufflé ses bougies, chacun retourne à sa petite table et ses petites affaires, son couple, ses solitudes.

La serveuse revient finalement vers eux, débarrassée de son gâteau, encombrée d'un sourire. Mince, il faut vraiment qu'elle choisisse. Elle redresse la carte un peu vivement et renverse le petit vase rempli d'un œillet qui décorait la table. Il tombe sur sa fourchette et tinte sans se briser, l'eau se répand, la fleur tombe.

— Je suis désolée, je suis navrée, je suis tellement maladroite, excusez-moi, je…

La liste de ses bruits préférés : le jingle de la SNCF, la pluie sur les tuiles, la cafetière qui ronronne, la machine à coudre, le chant du merle, le vent dans les voiles.

La serveuse tamponne l'eau qui imbibe la nappe blanche.

— Ne vous inquiétez pas, ça arrive à tout le monde. Pas de problème.

Vite, vite, la liste des mots qu'elle ne sait jamais écrire : Méditerranée, attraper, poêle...

Et la liste des prénoms de garçon qu'elle aime bien : Simon, Antoine, Pierre, Alcibiade. Il n'y a pas Léon dedans. Il n'y a pas Léon.

La serveuse a fini d'éponger. Et elle n'a toujours pas choisi.

— Je suis désolée, je ne sais pas ce que j'ai, je n'arrive pas à me décider, pardon, vraiment…

— Pas de problème. Faites-moi signe quand vous savez.

Elle se sent obligée d'ajouter, pour se faire pardonner ses tergiversations :

— Au fait, je voulais vous dire, c'était vraiment très joli ce que vous venez de faire, le gâteau, les bougies, c'était très touchant, je…

— Ah oui, t'as marqué des points, là ! la coupe Grégoire. Cyril était super ému, ça se voyait ! Bravo !

— Merci, répond Marion. J'ai essayé quelque chose…

La serveuse – Marion, c'est vrai –, tête basse, repart vers une autre table. Grégoire lui saisit la main.

— Chérie, rassemble-toi, s'il te plaît. Focus ! Choisis quelque chose.

Il a pourtant son beau sourire, celui qu'elle aime tant. Mais la haine revient. Il lui dit ce qu'elle doit faire. Depuis qu'elle est mère, tout le monde y va de son conseil, de son « tu devrais », « je serais toi », « tu sais, les enfants ont besoin de... ». Et elle n'en peut plus. Elle sait qu'elle n'est pas à la hauteur. Ce n'est pas la peine de lui mettre la tête sous l'eau davantage. Sa main effleure la nappe mouillée. Les larmes emplissent la moitié de ses yeux. Elle les porte au plafond pour faire redescendre le niveau de l'eau. Mais elle a toujours une moitié d'elle inondée. Elle se lève pour aller aux toilettes.

— Excuse-moi, murmure-t-elle.

Elle ne fait que s'excuser, demander pardon d'être là, s'effacer, s'anéantir.

La liste des fautes de français qu'elle ne supporte pas : Se rappeler quelque chose, mais se souvenir de quelque chose. Malgré que. Après que + indicatif. Au jour d'aujourd'hui.

Où va-t-elle ? Ah, les toilettes, c'est vrai !

— C'est par là, lui dit une voix qu'elle connaît bien maintenant, celle de Marion...

La liste de ses films préférés : *César et Rosalie*, *La Ligne rouge*, *Cyrano de Bergerac*, *Breaking the waves*, *Voyage au bout de l'enfer*, *Une femme sous influence*, *Sur la route de Madison*...

Elle n'entre même pas dans une cabine, elle se contente de passer de l'eau sur son visage, sans se regarder dans la glace, elle détesterait son reflet, et elle a assez de mal-être en elle pour la soirée.

Quand elle regagne sa table, elle évite le regard réprobateur de Grégoire. Elle prend la carte et déclare :

— Je vais choisir à manger. Il faut que je mange de la viande, je crois, pour le fer. Mais est-ce que j'ai envie de viande ? Non. Je sais. Je veux un croque-monsieur. Comme avant. Un croque-monsieur, oui, voilà ! S'il vous plaît !

23

Soufflés aux fraises

Il essuie les verres. Les clients partent un à un. L'atmosphère s'apaise. Marion aussi. Il a bien vu qu'elle ne s'est pas énervée avec Ariane. Pourtant, elle n'arrivait pas à choisir, elle ne savait pas quoi prendre. Et personne ne pouvait le faire à sa place. Elle lui a fait perdre son temps. Elle l'a fait galoper pour rien. Elle l'a retardée. Mais elle est restée calme. Elle a souri. Elle a conseillé, orienté patiemment.

— Ça va à la 5 ? lui demande-t-il quand elle revient pour taper la commande.

— Oui, elle a eu du mal à se décider, mais finalement elle a pris un croque-monsieur.

Exactement comme quand elle était enceinte..., se dit-il.

— Oui, je sais, on ne fait pas de croques le soir, mais elle avait l'air tellement perdue, la pauvre, que j'ai cédé...

— Tu as bien eu raison, approuve-t-il.

Elle s'identifie à Ariane. Elle aussi est dans l'indécision. Elle fait des pas en arrière, des piques, des remarques, des blagues acerbes et des pas en avant, un gâteau entre les mains. Il faut qu'il la convainque de ne faire que des pas vers l'avant. Voilà.

Le jeune homme roux s'approche timidement du comptoir.

— L'addition, s'il vous plaît, demande-t-il en sortant sa carte bleue.

— C'est réglé, monsieur.

— Quoi ? Comment ?

— Le monsieur qui était assis là-bas, avec sa fille, il a payé pour vous !

— Mais je ne le connais pas !

— Ça ne l'a pas empêché de payer pour vous. Cadeau !

— Ah ben, merci !

— Ce n'est pas à moi qu'il faut dire merci…

— Oui, pardon, vous avez raison. Vous le remercierez de ma part alors…

— Je n'y manquerai pas, si je le revois. Bonne soirée à vous.

— Merci beaucoup. Bonne soirée à vous aussi. Merci encore !

La salle se vide. Le veuf reste encore un peu. Il sera le dernier à quitter les lieux. Personne ne l'attend chez lui. Cyril lui amène une petite poire digestive : « C'est la maison qui offre. » Un réconfort. Un peu de chaleur dans cette soirée d'hiver. Le Bordelais a plié bagage, sans doute à la recherche d'une nouvelle proie. Il ne va tout de même pas passer la nuit tout seul, ce serait impensable. L'un des homos est parti, traînant sa valise et son cœur lourds, le médecin et sa femme se sont éclipsés il y a longtemps, ils doivent se coucher tôt, chacun dans leur lit, la fille enceinte aussi, mais pour d'autres raisons ; en revanche son copain ne va pas dormir de la nuit, il était si excité de la nouvelle. Grégoire et Ariane finissent tranquillement leur repas.

— Je paye pour tous mes gars ! annonce, tonitruant, le chef des magrets.

Cyril n'en attendait pas moins de lui : fanfaronnade, jovialité excessive, pouvoir d'achat. Ses sous-fifres enfilent leurs manteaux. « Quel bagout il a le chef ! », « Quelle énergie ! », « Toujours bien, ces soirées sans bonnes femmes ! ». Cyril sort, sans qu'on la lui demande, la facture avec la TVA pour la note de frais. La générosité du chef est remboursable, il le sait.

La valse des entrecôtes s'est considérablement ralentie. Il va donner un coup de main à Ali pour nettoyer en cuisine. C'est le moment qu'il préfère : la soirée a été bonne, ils ont assuré, le silence revient, ils reprennent possession des lieux, qu'ils choient, nettoient, rangent.

Elle passe la serpillière dans la salle. Elle ondoie avec son balai. Elle n'a jamais renâclé à ce genre de travaux. Si ce n'est pas elle, c'est quelqu'un d'autre, qui vaut autant qu'elle. En quoi cela serait-il dégradant ?

Il fait semblant de ranger ses bouteilles en attendant qu'elle ait fini.

Grégoire vient régler ce qu'il doit.

— Bonne soirée, mon vieux ! Et bon anniversaire, alors !

— Merci, répond Cyril en lui tendant son reçu de carte bleue.

— Profites-en pour…

— Merci, le coupe Cyril.

Il n'a pas envie qu'on se mêle de son histoire, qu'on le conseille, qu'on l'oriente. C'est un secret qui ne concerne qu'eux.

Grégoire part avec sa femme en souriant. Il ne s'est pas vexé. Rien n'atteint Grégoire. Sa joie est imputrescible.

Marion passe avec son seau sale qu'elle s'en va vider dans les toilettes, Cendrillon touchante qui ne rechigne pas à la tâche, sa « princesse » dans quelque temps si elle le veut bien, quoiqu'il rejette absolument ce mot.

Elle le frôle avec son matériel qu'elle met à sécher dans la réserve. Ils rassemblent leurs affaires, enfilent leurs manteaux et vont avec Ali baisser le rideau de fer et fermer boutique ; ils ont besoin de six bras pour faire coulisser la lourde ferraille sans qu'elle se bloque ici ou là. Ali les salue. Ils restent comme deux poteaux, à distance réglementaire, raides, froids.

— Je te raccompagne ? demande Cyril, hésitant.

Il défait en même temps le cadenas de son vélo. Il a préparé son coup. En arrivant au restaurant, il a attaché son Peugeot vert clair à la barrière devant le restaurant plutôt que dans la cour. Il ne fallait pas qu'elle puisse filer tandis qu'il était occupé à l'arrière à récupérer son vélo.

— Quoi ?

Elle recule de quelques pas.

— Tu veux que je te raccompagne ? répète-t-il doucement.

— Ben, tu es à vélo… Et je n'ai pas pris le mien…

Ses bras sont croisés sur sa poitrine. Elle se défend de lui.

— Et alors, grimpe sur le porte-bagages !

Il met dans cette proposition tout son enthousiasme, son sourire, son espérance. C'est son ultime va-tout.

— Tu es sûr ? finit-elle par dire.

Oui, certain, même ! Allez, dis oui, je t'en prie…

— J'ai de bonnes cuisses ! s'entend-il répondre.

Les cuisses, vraiment ?

— Mais regarde, il pleut…

— Tu fonds ? Tu es en sucre ?

La voix est plus ferme, même si la question est humoristique. Il perd quelque peu sa patience.

— Non ! Mais c'est dangereux à vélo…

— Je croyais que tu pouvais tout !

Il a crié. Il fait pivoter son vélo de sorte à lui tourner le dos. Elle ne doit pas déceler son agacement. Il est sur le point de tout envoyer valser. Elle cherche des excuses. Il pensait qu'après cette soirée riche en événements, où il a joué les preux chevaliers, où elle aussi a prouvé son attachement avec le gâteau, ce serait plus facile. Bon Dieu, qu'est-ce qui résiste en elle ? Jusqu'à quel point a-t-elle été blessée pour lutter encore ? Pourra-t-il jamais réparer cette blessure-là ?

— Et tu ne sais même pas où j'habite… hésite-t-elle.

— Si, j'ai fouillé dans ton sac, j'ai regardé ta carte d'identité, avec ton adresse, dit-il en reprenant sa blague. D'ailleurs, ta photo…

Elle se fige.

— Je plaisante, bien entendu, précise-t-il. Je ne sais effectivement pas du tout où tu habites.

Elle donne un coup de pied dans rien.

— Si ça se trouve, tu vas devoir traverser tout Paris… lance-t-elle.

— Si ça se trouve…

Il ne sait plus comment la convaincre. Cela doit venir d'elle maintenant. Elle doit sauter. Elle doit se lancer. Il a montré ce dont il était capable, il n'a pas mieux à lui offrir que cette vérité-là.

— OK. C'est parti !

Elle s'installe devant, les fesses sur le guidon, les pieds sur les papillons qui tiennent les roues. Il ne voit pas grand-chose. Son foulard vient taquiner ses joues. Le premier coup de pédale est périlleux. Il ne doit pas trembler tout en mettant les roues en mouvement. Après deux légères oscillations, le vélo prend son rythme. Ils descendent du trottoir et gagnent la route déserte. Le poids sur l'avant rend la conduite dangereuse. Mais il n'échangerait sa place pour rien au monde. Et s'il devait fournir à qui l'interrogerait une image de ce qu'ils sont en train de façonner ce soir, il donnerait précisément celle-ci : elle et lui sur le vieux vélo paternel, un peu aveugles, très émus, avec une destination incertaine, un poids mal réparti qui complique l'avancée. C'est exactement eux. À leurs commencements.

Remerciements

L'auteure tient à remercier les couples qui, par leur vécu, leurs confidences, leurs fêlures, ou même (et surtout) sans le savoir, ont inspiré ce livre.

Merci à Godelive et Pierre, Anne et Cyril, Juliette et Vincent, Violaine et Philippe, Stéphanie et Yohann, Inessa et Franck, Marc et Lionel, Marie et Maxime, Garance et Martin, Stéphane et son carnet, Raphaël et X (excuse-moi, ça change trop vite), Marie-Laure et Alain, Sophie et Thomas, Aude et Vincent, Anne-Marie et Frédéric, Soazig et François, Juliette et Martin, Bleuenn et Rémi, Tilly et Benoît, Flora et Igor, Anne et Jean-Charles, Myriam et Jean, Aude et Paul, Anne-Marie et Jacques, Xavier et Anne-Lise.

Ce livre vous doit beaucoup.

(L'auteure note à cet égard qu'elle connaît plusieurs Anne, quelques Vincent, deux Anne-Marie, autant de Juliette, et une seule Godelive, évidemment. Elle n'en tire aucune conclusion.)